よしもとばなな
YOSHIMOTO BANANA

身体
全知道

体は全部知っている

［日］吉本芭娜娜 著

彭少君 译

上海译文出版社

目　录

育花妙手

在电车里迷迷糊糊的，半梦半醒之间。听到广播中报出的车站站名后，慌慌张张地下了电车。瞬间感受到站台里弥漫着严冬的凛冽空气。我重新裹紧围巾，走出了检票口。

告诉司机，我想乘出租车回家。司机说，他不知道具体位置。我才想起我住的是新建的小套房子，似乎也没做过什么宣传。于是，我就在家附近的一个地方下了车。

周围全是农田，远处还能看见平缓的山峦。找到指示住所方位的小小指引牌后，我按照指引的方向，爬上一条狭窄的坡道。

我已经习惯了寒冷的天气，而且清新的空气也令我欣喜。渐渐地清醒过来，当微微冒出汗液时，我感受到前方似乎存在着某个熟人的气息。

"芦荟已经疯长到家门前的道路上了，真让人头疼啊。"这个话题被抛出时，是在去年的冬天。

妹妹用三百日元买来的芦荟，由于院子里没有地方栽种，就把它种在了正门旁。但是，对于这件事，爸爸、妈妈以及我却忘得一干二净。由于受到杂志还是其他什么的影响，妹妹曾说，芦荟是万能的！她曾反复地说芦荟可以饮用，还可以贴在粉刺处。可是，妹妹从芦荟热中清醒过来后，就连照顾芦荟都懒得做了。然而，即便很少被浇水，即便光照不佳，芦荟却依然成长着。由于成长过猛，觉察到的时候，它已经像树木一样繁盛，侵食了大半条道路，而且它的形状令人不悦，还绽放出鲜红的花朵。

那个时候的事情记忆犹新。在我出生成长的这个房子里，爸爸、妹妹和我围坐在一张小桌子旁。每次都是在傍晚时分开始这样围坐在一起。

在我和妹妹还年幼的时候，我们一家人围坐在那里做过许多事。吃饭、拌嘴、看电视、和妹妹一起出钱买来蛋糕品尝。有一次，装有妈妈的内衣的百货店购物袋以及作为当晚小菜的鱼贝干货一起被放在那张小桌上。有一次，宿醉的爸爸就趴在那张小桌上酣睡。还有一次，上中学的妹妹第一次失恋后，猛喝葡萄酒，结果醉酒从椅子上跌落下来，头部磕在了那张小桌上。那张小小的四方形就是我们家庭的象征：膻腥、温吞却又柔软温暖的地方。最近由于妹妹出嫁离开家，虽然那张小桌子依然在那里，但是家庭全员却再也难以在那里相聚了。妈妈经常会在那里一边看着电视一边织毛衣。情形就这样发生了变化。

那天傍晚，爸爸说："那个芦荟生长迅猛，邻居从停车场开车出来的时候，难道不会给他们的通行造成干扰吗?"我和妹妹觉得移植太麻烦了，就假装没听见。"如果不移植，我可就要把它们拔起扔掉了。"爸爸继续说道。"可以啊。"我和妹妹说后就开始浏览杂志了。

就在这个时候，妈妈双手提着附近超市的袋子回来了。我和妹妹经常在还没有看到妈妈的脸的时候，就喊道："欢迎回家。"没有任何回复，当妈妈第一次抬起头的时候，我注意到她的脸色很不好。"怎么了?"妹妹问，"之前，我以为你们的奶奶是因为闪了腰才住进医院的，结果被查出子宫癌晚期。她明明很痛苦却一直忍耐着。她似乎不再做手术了。"

奶奶在附近的一间公寓里过着独身生活。前天她闪了腰，我妹妹帮忙开车把她送进了医院。

由于奶奶的婚姻是一场独生子女间的婚姻，所以基本上没有亲戚往来。于是就由团结融洽的我家，包括爸爸，每天轮换着照看奶奶。此时，在我家也不适合再对芦荟说长道短。奶奶曾一度出院，但是之后又再次入院。

某一天，我给奶奶带去了她最喜欢的铜锣烧①。奶奶似乎心情颇为愉悦地躺在那里。之前听妈妈说，昨天奶奶叫嚷着肚子痛还流出了眼泪，非常可怜。但是现在看到这样的情景，我不免松了一口气。

医院这种地方，刚一从正门跨入的瞬间就让人内心不悦、坐立不安，想着快点离去。可是，稍微待一段时间自然就习惯了。而且，在走出医院后，还会感到外界的一切太过强烈了：在十字路口，同时蜂拥而至的汽车、深信自己会永远存活于世的人们高高低低的声音、色彩的洪流，这一切都令人惊诧不已。但是在回到家的时候，也就习惯了这一切。来来往往之后，我发现自己正处于一个

———————————

　①　铜锣烧：一种日本点心。将面粉、白糖、鸡蛋和在一起烤成两张薄饼皮，中间加豆馅。因为是由两块像铜锣一样的饼合起来的，故而得名。

不可思议的地点。我回想起自己小时候读过的关于俄耳甫斯①的故事。他无法将已经成为死亡世界居民的妻子带回来。气味发生了改变。生命所散发出的浓郁气味，已经在那个世界里变成了咄咄逼人的、恶毒尖刻的气味。人们忌讳死亡的气味。在阳光下，羸弱的人所散发出的死亡的气味如同雪花一样会立即融化，但是，那种淡淡的气味就像麝香一般，即便在遥远的地方依然能嗅到。人们惧怕羸弱的同胞。他们会产生一种自己的生活将要终结的错觉。其实，无论是谁，只要习惯了都是一样的。

我将花插回花瓶后，奶奶睁开眼说：

"家里的盆栽还好吗？"

喜爱植物的奶奶的宝贵盆栽，我每天都会去给它们浇水。看上去它们都是些普普通通的植物，既非艺术盆栽，也非珍贵植株。草珊瑚、茉莉、凤尾蕉、不知道种类的豆类植木、含羞草、马拉巴栗、伽蓝菜……虽然我每天都给它们浇水，但我还是觉得

---

① 俄耳甫斯：太阳与音乐之神阿波罗和史诗女神卡莉欧碧之子，音乐天才，前往冥界寻求复活亡妻尤丽黛的方法，最终失败。追逐尤丽黛幻影的他不近女色，后死于色雷斯女子的怨恨。

它们狂热地渴求着奶奶。这就是我，一个在妹妹出生前由于父母都在工作而被奶奶照看，于是不得不成为奶奶的孩子的我，所感受到的近似虚幻缥缈的东西。我无法忍受奶奶的离世。孤寂的我将脚贴近奶奶的身体酣然入眠；当我的内心出现小小的阴影时，奶奶比我还要迅速地觉察到它，并立马给我做我喜欢吃的油炸白薯。奶奶的关心一天一天地从这个世间、从我的身边远离而去。此时我的心情正与那些被抛弃的植物的心情相似，所以我才会这么想吧。我一边浇着水，一边试图让自己明白：之前那个比起她自己，更加惦念你们这些花草以及我的人，终究还是迎来了思考她自己的事的时刻。

奶奶稍稍聊了几句后，又立马睡着了。如果整日熟睡，那么人的影子就会急速地变稀薄。感受到这一点，我的内心不禁隐隐作痛。我也步入到人们重复不断的日常营生中。我的心情就好像站在远方，莫名其妙地眺望着这一切似的。

习惯了这种生活后的某个下午，我拿着妈妈做的炖菜来到病房，发现奶奶居然少有地醒着。

"那个，我过去很讨厌仙客来①。"奶奶说道。

"您经常这么说，不过，我也不怎么喜欢仙客来。总觉得有种潮湿的感觉。"

"我觉得，你呀可真是了解植物啊。你很适合植物方面的工作呀。还是辞掉女招待的工作吧。"

奶奶一直反对我靠酒水生意维持生计。其实我并不是女招待，我只是爸爸经营的一家酒吧的调酒师而已。虽然我解释了很多次，但是奶奶还是认为两者是一样的。

"既然奶奶这么说了，那我考虑考虑。对了，您为什么突然提到仙客来呢？"

"就在那里，窗户边，有一株仙客来，虽然现在只剩叶子。最近已经依次开过花了。它是中原桑拿来的。开始我觉得它有些阴郁。过去我一直对这种植物很头疼，一旦浇水的方式出现错误，它就会生长扭曲，而且，它的茎干粗大如虫子一般，开出的花朵也令

---

① 仙客来：多年生草本植物，叶片由块茎顶部生出，心形、卵形或肾形，有细锯齿。叶面绿色，具有白色或灰色晕斑。叶背绿色或暗红色。叶柄较长，红褐色。

人不悦。但是，来到这里后，经过一段时间，我对它的看法发生了少许的改变。那个茎干是为了吸起水分，才那么粗大。浇过水后，看到花朵们拼命地昂起头想要晒到阳光的样子，我就想，啊，你们正在欣欣向荣地生长着。这一点都不无聊。只要花费些时间就能发现这些有趣的事。自从和仙客来成为朋友后，我就觉得即便在那个世界里，我也有信心培育好仙客来。"

"请您不要这么说。"

就这样，喜欢上了之前一直讨厌的所有东西，但是之后却要走向那个从来没去过的地方。想到这里，我的内心不禁感到痛楚。

奶奶基本上失去意识是在春季。虽然每三天左右她会恢复一次意识，但是她几乎无法说话。她只能说出家人的名字以及"呃，谁谁已经来过了"之类的话。

那个傍晚，我握着奶奶的手。那是一双冰冷的手。手上扎吊针的地方出现了青黑色的斑痕，我定定地望着这些斑痕。她的嘴角处挂着的变白变干的唾液也显得那么可爱。

突然，奶奶说道："那株芦荟，在说，请不要，砍掉我。"

她用轻细微弱、断断续续的声音说道。最开始甚至听不清她在说什么。

"芦荟说，在停车场的，背光处，被汽车，轧到，好痛。"

"粉刺伤口，都可以治好，还能开花，请不要，砍掉我。"

奶奶就像在努力听懂别人的话语似的，意识模糊地一点一点说出这些话。我不禁感到诧异，思忖着，为什么她只向我说出这些话。

"所以呢，我想你是理解这种感觉的。植物其实就是这种东西：如果你帮助了一株芦荟，那么之后，在其他许多地方，你看到的不管什么样的芦荟都会喜欢上你。植物们就是通过这种伙伴关系联系在一起的。"

一口气说完这些后，奶奶就入睡了。

之后，妈妈和妹妹很快就来到病房，代替我照看奶奶。但是，我却难以将奶奶说的那些话告诉她们。喉咙就像被堵住一般，无法挤出一句言语。"那么我回去了。"说完我就走出了医院。户外天气朗清，皎月初上。大家都露出一副祥和的面容急着赶回家。车灯照亮黑暗的道路，一切恍若梦境。我默默地走进奶奶的公寓，一边说着"对不起我来晚了"一边给植物们浇水。打开电灯后，充盈在房间里的奶奶的朴质人生，浮现在荧光灯的莹莹白光里。软绵绵的坐垫、小水晶花瓶、毛笔与砚台、整整齐齐叠放的白色围裙。陈列着海外旅行时购买的具有异国情调的纪念品的玻璃柜子、眼镜、文库本小书①、小巧的金色手表。奶奶的气味，如同陈旧的纸张。我的内心变得痛苦，于是我熄掉了灯。就在此时，我觉察到玻璃另一边的植物们，如同被外面的亮光镶上边一般，显现着鲜嫩的绿色。刚才浇过水后形成的水滴，也盈盈地闪着光辉。我定定地坐在幽暗的榻榻米上望着它们，不知为何我的心情一点一点地变得愉悦起来。我觉得，一个人在其人生里所留下的理所应当的足迹中，这既不属于悲伤也不属于痛苦，说起来应该属于最幸福美好的东西。我发现是植物们让我明白了，在悲伤中用迷蒙的眼睛所捕捉到的第一印象并不可靠。这群美丽的植物们，在其生命中仅仅只渴望着阳光、渴望着清水、渴望着爱。

回到自己家，我没有从正门走进去，而是打开庭院大门的锁，

---

① 文库本：在日本被称为文库的出版物，一般都是平装，A6 大小，105mm×148mm 的版面。

走向杂物间拿出了铁铲和手推斗车。之后，我再次来到大门旁，小心翼翼地将芦荟从土中挖出来。它的根部深入土中，已经长得非常大，因为我是徒手挖的，所以它的刺扎得我阵阵作痛。尽管如此，我还是把它移植到了庭院中一处向阳的好地方。春天里，在圆月梦幻般的光辉的照射下，移植时溅上泥土的芦荟，散发着强劲的生命力。它似乎想要像人一样说一句"谢谢"。但这样的事终究没有发生，它只是专注地生存着，向四周延伸根茎，并展开叶片。这再一次激励了我。

　　奶奶去世了。葬礼结束后，我一边继续工作，一边利用白天的时间去职业学校上课，为了能开一家自己的花店而努力学习着。我觉得自己将来要做一位园艺师可能有些困难。不过，我希望自己能成为一位花店店主，为普通家庭的日常生活增添色彩。奶奶经常说，买花的从容，不是来自金钱的充裕，而是来自心灵的充实。由于奶奶的遗言，所以爸爸说他放手酒吧的生意后由我来继承，并同意我将它改造成一家花店。在此之前，必须停掉酒吧的生意，为开花店学习相关技术，还必须学习插花技艺。突然改变职业确实有很多痛苦的地方，但是有了目标就能不断努力，逐步向前方推进。每天都孜孜不倦地努力，道路就越来越宽广。不管怎么样，就像过去努力成为调酒师的时候一样，现在的我只能不断地重复着质朴的每一天。不过，奶奶最后的话语已经从我的耳畔远去。那个围坐在小桌旁纯真地过着每一天的我，那个草率地处理芦荟生命的幼小可爱的我，即便多少次回首，都再也难以返回那时的童真。我想，我以后去世的时候，即便是一个人、即便是在一个狭小的房间里都不要紧，我只是希望能在那样洁净的房间里离去，我深爱的植物们一直存活着，那晚奶奶的房间也永远不会从我的脑海中消逝。

某个难得的假日，不知为何妹妹突然发烧不能来，所以只能我一个人去旅行。在那座山中，我感觉到某种气息。虽然这发生在奶奶去世后的第一个冬季，但是却让人觉得像是很多年前发生的事情一样遥远。冬日令人不快的橙色夕阳强烈地照射着，我眯起眼睛环视了四周。不知道为什么，我感觉到一缕柔和的目光，一种炽热的、令人怀念的东西轻轻地包裹了我。

我满心期待，莫非我能够看到奶奶的灵魂。即便是灵魂也行，我好想和她再次相会。但是，映入我眼睛的仅仅是民家小院里许许多多、多到让人惊颤的、如同树林般茂盛的芦荟丛。

芦荟拥抱着阳光，似乎有什么话想对我说。多刺厚实的叶片向冬季的天空高高伸展、重叠，还奇妙地开出几朵鲜红的、凹凸不平的花朵，它们似乎想要给我传达生命的喜悦。被芦荟的爱包裹着，在阳光中，我渐渐被温暖。是啊，就这样我们产生了联系。无论在哪里，每当芦荟看到我的时候，都会和我产生温暖柔和的联系。无论是哪株芦荟都能对我平等相待，它们都是那晚移植的芦荟的朋友。我想，它们不断地与人交织着缘分，于是，许许多多的植物都能和我互相凝视。我从奶奶那里继承的东西，即便是毫无依据类似迷信的东西，但是它却发挥了重要的作用，或许它就是经常被提到的"育花妙手"吧。只要具有这样的才能，就可以依靠自己的双手尽情地使植物的生命熠熠生辉。如果这样，那么从事这份工作的人们，也就与我产生了联系。

　　过去我很讨厌芦荟那多刺的叶片，只在烧伤的时候，粗鲁地用那叶片处理伤口，现在，我却脱掉手套轻轻地抚摸着它。那鲜嫩的绿色宛如宝石般投射出光彩，叶片像丝绢一般柔滑，并带来阵阵凉意。如同与人握过手一般，我打起精神，向山道攀登而去。

游　船

"那么，我就讲讲在我的记忆中印象最深刻的一件事。每当内心感到难受的时候，我的脑海中就会浮现出这样的场景：我，来到公园，看到停泊在一起的游船。"我说。

"这种难受，是那种滞重的、痛苦的感觉吗？如果是这样，那么由于你无法轻易地处理它，所以才将它说出口。"

"不是，那是一种既快乐又痛苦的感觉。如果可以的话，我还是希望能回想起它的。虽然大体与预想的相似，但是我总觉得其中隐匿着某种细微重要的东西。它让我想起了小时候与妈妈诀别时的情形。但是，在我们乡下，许多活动都是在那个公园里举行的，所以很多记忆混杂在一起，有时候时间也会发生前后倒置。不过我能回想到的只有这些。"

"接下来，请闭上双眼。然后，调整呼吸。你的意识一直处于清醒的状态中，不过，希望在我的引导下，你能慢慢地回溯到过去。"医生说。

我的一个朋友因为寻找工作过度劳累，所以患了轻度的神经衰弱，之前我曾陪她去看过催眠疗法医生。因为朋友希望我每次都能陪她，所以在几个月时间里总在等候室里等待朋友的我，就与医生熟悉起来。由于朋友预约的时间总是很晚，而且这位中年女医生又是朋友母亲的友人，所以最后我们都是一边喝着茶一边杂七杂八闲聊着。之后，因为一个偶然的契机，我问她我是否也可以接受催眠疗法，所以，这次她特意给我进行一次催眠，探寻我一直在意的东西。

按照年龄的顺序不断回溯，最终到达我六岁的时候。我的身体变得滞重，声音听起来也变得沉闷、渺远。

"你现在六岁。此时，有没有因为一艘游船而引起你的忧虑？你能看到一艘游船吗？"

我闭着双眼，似睡非睡地处于恍恍惚惚的状态中。首先，我浮想着漂在夜晚池水上的游船，以及它摇晃时发出的咔嗒咔嗒的声音。之后，在毫无预想的情况下，我眼皮内侧的黑暗中，突然闪现出一幅并不属于这个世界的美丽图景。

各种光亮在水面上闪耀着……是水池。在水池边停泊着一艘游船，在清风中，它轻轻摇曳着。水面被莲蓬覆盖着，在夜色的幽暗中，硕大的粉色莲花骤然绽放。直到那邈远的对岸，依然能够看到莲花。夜空中，月亮淡淡地投射出光辉。莲花那浅粉色的秀美印刻在我的眼中，视野也随之变得朦朦胧胧。

"天堂肯定说的就是这里吧。"我牵着某人的手，那个人这样说道。

"是啊，妈妈。"我回答后，抬起头望那个人。我如此清晰地回想起那几乎已经忘却的脸庞。她那大大的眼睛里闪烁着强劲的意志，高高的鼻梁犹如外国人。她穿着色彩杂糅的奇异服装，戴着耳环……她总是散发着一股甘甜的酒味。

之后的画面在医生的引导下渐渐展开，那时的心情，即便是痛楚，也能再次让我深切地感受到。随后，我回想起那晚所发生的一切。

催眠结束后，我的心脏扑通扑通直跳，整个人近似哭泣。

为什么会忘记呢，我想着。彻底地忘记，如同完全消失一般。

"能够让我回想起那些事，真是非常感谢您。对于我而言，那是一段极其重要的回忆。"我陷入一阵漫长的沉默，这让朋友和医生颇为担心。最终我这样说。

我老家小镇的那片地方，并没有什么著名的景点，只有一座小城堡，它附近的公园里有一大片水池。从池边可以看到城堡的轮廓，感觉这就像时间错乱一般非常有趣。水池中掩映着霓虹灯的光芒，在那遨远的对岸可以眺望到映衬着月亮的天守阁①。而且，还能看到出售法式薄饼和章鱼丸子的货摊。

我记忆中的水池就是这片水池。

我清楚地记得新妈妈到来时的情形，我也时常重温当时的情景。我非常喜欢她。在痛苦的时候，我会在心中默默地叫她一声"妈妈"。我经常会想，如果她真是我的妈妈那该多好啊。所以，我

---

① 天守阁：日本战国时期修建的大型城堡，在军事上有关楼和瞭望塔的作用。同时，它也是城主的居住之地。

牢牢地记着一切都成为现实的那一天。爸爸和我坐在能看到水池的长凳上,静静地等待着。那是冬季里寒冷的一天。七岁的我将手插进大衣兜里,让双脚原地踱步,默默地等候着。爸爸颇为担心,有些坐立不安,但是,他表面却强装平静。在等待的时候,我们喝了甜米酒。温热、雪白、浓稠又香甜。真好喝啊……我不禁感叹道。似乎快要下雪了,天空投射出郁沉黯淡的光,我的脸颊有些冰冷。

新妈妈跑了过来。她从车站那边,穿着橘色的大衣,呼哧呼哧地跑了过来。爸爸特别紧张。水面如此宁静,没有一艘游船。建筑物的玻璃上,以一种不可思议的色彩映照出灰色的天空。鸽子飞来又飞去。

爸爸和新妈妈相互问候着对方。

随后,新妈妈握紧我冰冷的手,说:"这次,成为美代酱的真正的妈妈了。这次终于是真正的了啊。"

之前,我哭闹着说,她必须成为我真正的妈妈。这或许曾让她感到为难,所以这次她才会这么说吧。当我看到新妈妈的眼中充盈着泪水的时候,我也不禁哭了出来。久久地,两个人就这样哭泣着。即便我的头感到疼痛,泪水也没有停止。在凄冷的空气中,我感觉到只有泪水和两个人握紧的双手是炽热的。哭泣的同时，我觉得周围的风景渐渐拉近。那个时候，鸽子、城堡、水池和游船，似乎都成为了我的东西。脚边的小石子也让人感到如此亲切。我隐约感觉到有人对我说，以后不用再那么勉强自己了。我已经到了极限。

"让我们一起走向幸福。"

"嗯，一起走向幸福。"

看到幼女与新妻子两个人许着愿，爸爸有些难为情地站在那里，装出一副没有看见的样子。这一切我都清楚地记得，我甚至记得当时爸爸穿着褐色的大衣。

然后，我却忘记了在同一个地方离我而去的亲生妈妈。

曾有几天，我被亲生妈妈掳走了。

酒精中毒的妈妈，被告知没有领养我的资格，于是她带着我逃亡了。

那个时候的事我还清楚地记得。妈妈带我去了地方上的高级温泉旅馆，三天三夜，我们吃吃喝喝，还泡了温泉。每晚妈妈都哭着对我说:"和妈妈在一起吧,我会一直让你过这样的生活的。"我回答说:"即便不过这样的生活也行,我会和妈妈一直在一起的。"

旅行最后的那个傍晚,由于连日饮酒过量,妈妈在浴池里摔倒了。我联系了爸爸,他很快找到了我们。"以后随时可以让你们见面……"爸爸在电话的另一头说。"嗯,嗯。"妈妈像孩子一般点点头,在软绵绵的被子里,妈妈的背影看上去那么悲伤。这一切我都清清楚楚地记得。妈妈睡进我的被子里,哇哇地大哭起来。"我想永远和你在一起,一分钟也不要离开,你是我身体的一部分,你如此可爱。"妈妈这样反复地说着。妈妈浓烈的酒气和濡湿的头发令人厌烦,但是,现在我们却能这么近距离地相处,伸出手就能碰触到她,一起进入浴室,她能帮我清洗身体,刚才我们还在晚饭的时候交换了小菜。然而之后,我们再也不能见面了,也不能生活在一起了,这是法庭做出的决定,也是我慈祥的奶奶同意的事情。所有的一切就是一连串的震惊诧异。

于是,最后一个晚上,在这个公园里,在夏夜葱郁繁密的樱花树下,我和妈妈离别了。我嗅到了池水的气味,有点类似大海的气味。

"美代酱，到这里来。"幽暗中，妈妈说。

妈妈的身影浮现在绿色的池水上。她拉着我的手把我抱了起来，然后跨过连接着的游船，最终走到了距离池心最近的那艘。

由于游船相互连接着，所以不能划出去。我们两人相视而坐，感觉就像在水面上行进一般。由于我们的重量，船体发生了轻微的摇晃，这时水面上泛起层层涟漪。莲花一朵连着一朵，恍如梦幻。莲叶似乎向天际伸出手掌。我希望自己在这一排连接着的游船中慢慢变小，然后就这样消失。我讨厌这伤害我幼小心灵的离别情景。

夜色越是静美，越是让人悲切。

游船咔嗒咔嗒地摇曳着。夏风如同舔舐食物一般静静地拂过水面。

"妈妈呢，肯定会去自己喜欢的人那里。那个人很喜欢枪。"妈妈说。她的一只手里拿着果渣白兰地。那是妈妈经常饮用的酒。我记得酒瓶的标签上画着奇怪的图案，只有长成大人后才能明白它的意思，不过妈妈却对此毫不在意，只是嘴对着酒瓶痛饮白兰地。

"枪？是手枪吗？"

这样可不行啊，我天真地想道。

妈妈微微一笑。

"可不是喜欢杀人哦，只是喜欢射击而已。他说，拿着手枪的时候，那种沉重感让他瞬间开始思考生命，他很喜欢这种体验。他还说，开枪之后，强烈的冲击喷涌而出，这使他参悟了自己的生命和他人的生命。而且，他想在自己的生命中永远不要忘记这种感觉。我还是第一次遇到这样认真思索生命的人。妈妈已经对任何事都麻木了，所以，其他人无论是生是死，在妈妈看来，都是难以理解的。"

"以后不能再和妈妈见面了吗？"

"我想和那个人一起去夏威夷，然后开一家法式薄饼小店。等你长大后，欢迎你来玩。什么时候都可以。我会免费给你烤甜甜的法式薄饼。我也会自豪地对附近的人说，这就是我的女儿。另外，妈妈不会再要孩子。我保证。妈妈的孩子只有你。"

说到"法式薄饼"，眼前似乎就浮现出了写着"法式薄饼"的略显昏暗的摊铺。这或许只是她的随口一言，但是，关于孩子的事她却是认真的。妈妈的眼睛里闪着令人害怕的光芒。当妈妈认真对待某事的时候，她都会这样。无论是拿着菜刀刺伤爸爸的时候，还是我撒谎后把我打到流鼻血的时候，她的目光都是这样的。

"嗯。"我点点头。

两个人就这样坐在游船上，久久地陷入沉默。在小便无法忍住之前，我一直保持着缄默。我似乎在故意刁难自己一般，继续品味着这优美的月夜。不知为何，我强烈地意识到，我必须要把这一切印刻在记忆中。那时我的眼中也必定闪现着与妈妈相似的光芒吧。

"一定不要忘记妈妈。不过，也一定不要回首过往。"妈妈说。越过妈妈那明晰的侧脸，可以看到远处的莲花和城堡。在这个小镇上，已经没有容纳妈妈这类人的地方。对此我非常清楚。就像连接着的游船一般慢慢腐坏，最终死亡。我这样想道。

妈妈一边哭泣着一边给爸爸打去电话。公共电话亭在黑暗中投射出光亮。哭泣中的妈妈弓着背。水池、莲花、幽暗的池水、闪烁着亮光的水面、霓虹灯、城堡的轮廓……一切太过优美，世界太过广袤。我的胸膛似乎快要炸裂开了。

"爸爸说会来接你。哇——哇——"妈妈嚎啕大哭起来，她抱着我，我们的脸颊贴在一起，感觉到一股炽热。酷暑的夜晚里，汗水浸湿了我们的衬衣。此外，混合着池水和植物的浓烈气味弥漫在四周。妈妈并没有紧紧地抱着我，而是让胳膊形成一个大环轻轻地包裹着我，如同抱着一个蛋一般。

妈妈一边哭泣着，一边朝向公园的出口踉踉跄跄地走去，然后头也不回地快速奔跑离开。好想去追她，我不禁想道。但是，我非常讨厌爱枪的男人和远赴夏威夷。我想过安稳平静的生活。其实，我和爸爸一样，已经被妈妈折腾得有些疲倦了。尽管如此，我还是好想追上去。好想抛弃掉一切，和妈妈的身体紧紧地贴在一起。好想大喊出来。但是，我却哭不出来。月亮升上天际。当月亮落下，到了第二天清晨，一切都过去了，我这样想道。神灵啊，请务必让时间停止。妈妈的气味依旧残留在幽暗中。还未盛开的莲花在幽暗中展露出花蕾。请让这一切保持原状，拜托了。

我能回忆起我被来接我的爸爸背着，然后哭着回到了家。

但是，那之后的事我怎么都想不起来了。

似乎那些体验让我感到强烈的不安，于是我短暂地失语了，还住进了医院，吃了药。

回忆起这些后，和朋友一起离开医生的家，已经是傍晚时分了。

"能够回忆起往事是不是觉得很好?"在住宅区,忘却神经衰弱的朋友这样问我。语气中既带有好奇,又夹杂着责任。但是,她的目光却那样安详。

"嗯,稍稍回想起了小时候和妈妈离别时的事。"

"现在她怎么样呢?"

"我也不清楚……"

"她是一个怎样的人呢?"

"反正是个很漂亮的人。"

"这样,我一直以为你现在的妈妈就是美代酱的亲生母亲。"

"我的继母就像我的闺蜜一般。升入大学来到这里的四年间,她每天都会给我打电话,有时和爸爸吵架了还会来我的公寓暂住一段时间。"

"还有这样的事啊。"

"我们这些普通人都会遇到这样的事吧。"

我这样说道。我经常身处于自然之中吗?有时我感觉自己被某种东西轻柔地包裹着。这种感觉就像轻轻地抱着一颗蛋一般。其中的缘由我也不知道。但是，自从回忆起那些事之后，比起以前，我觉得世界离我更近，也更加生动了。

那一段关于漂浮在昏暗水面上的游船的记忆，那一段关于那个女人，她像抱着蛋一般温柔地抱着我的记忆……

夕 阳

最糟糕的就是潜水的时候。为了取得潜水许可证，他去了塞班岛，半年都没有回来。

如果他在当地娶了妻子，那么我也就放弃了，但是他又给我发来了邀请。感觉挺有意思的，因此我就去玩了。就这样在那里待了很长一段时间，之前我在做分成颇丰的酒水招待临时工，而且我对那家夜店已经熟悉，工作也游刃有余……但是不得不为他放弃。他就是具有这样的魅力。和他在一起的时候，与来关照我的生意的顾客、亲切的妈妈桑以及其他招待女郎同事们所构成的渺小的、仅仅只属于我的人生，即便遭受到蔑视，我也觉得无所谓，我感觉自己每天都沉浸在酒香醉醺中。那个时候，我明明对潜水并不感兴趣，不知道为什么，在那里的每一天都很快乐，天空比以前更加湛蓝，也能眺望到大海更远处反射来的光芒。我的一点一点堆积而成的人生，就这样置入与他相伴的一天又一天中。

他曾移居北海道，曾玩过山地车，曾跟随着书法老师住进山形县，也曾在泰国做过僧人。每次他在当地想到"还有什么美中不足"的时候，他总会联系我。就这样跟随着他走南闯北，从十六岁到二十五岁一直循环反复着，现如今他成了样样精通的怪男人，我也成了无所事事的怪女人。

最近他有些消停，似乎处于发现新事物之前的风平浪静期，但是我却经常做着一场又一场短小的梦：他决定好好运用至今为止学到的技能，在某处定居，并将一件事做到极致。我觉得这有点无聊，因为这意味着不能再去不知所以的地方欣赏全新的风景，也不能再遇到奇奇怪怪的人了。但是，这却让我安下了心。

在我的白日梦中经常出现这样的情形：他说"已经疲乏了，就决定是这个了"，然后定下了工作，也签订了住所的租约，于是就在那里扎下了根。

从此，我也终于能够安心看电视或录像，也能与别人会面了。最让人忐忑不安的瞬间就是，在风平浪静期和他一起行动做事，他又发现了新事物。他说，结婚什么时候结都行。但是，他连固定工作都没有，这件事我都极不情愿告诉乡下的父母。

那个时候，他暂时居住于我在东京的公寓里。我对他说，我想使用自己积累的飞机里程积分去一趟澳大利亚。他可以在那里潜水，我也可以不慌不忙地看看海豚。

　　或许是因为在宾馆的第一天看了有线电视里的体育纪录片吧。我非常讨厌他在看纪录片时脸上露出的表情。他的身体中似乎又有什么开始萌发。

　　被节目中出现的冲浪者的严苛人生所吸引，他又说出了那句口头禅——"这才是我的人生"，然后在"身通百艺，潦倒一生"的道路上高歌猛进，次日他就参加了冲浪初学者团体游。我虽然也跟着去了，但是第二天就遭受了挫折。尽管如此，也与许多团体游同行者交了朋友，这一次我被他的专注与上进所吸引。我从他那里体悟到，在学习新事物的时候，比起花费大量时间，比起集中精力，最重要的是不断勾勒出明晰的意愿。没有长进的时候，基础技术会给予帮助；状态好的时候，技术会不断提高，气力和经验也会不断提升。就在这种冒冒失失的反复中，他以最短的距离愈来愈接近自己的理想，目睹这一切的我倍感喜悦。我似乎也能见证几次奇迹般的瞬间，这样的瞬间让人觉得，神灵或许真的疼爱着人们；这样的瞬间是他在做一些让人想到"这样做真的好吗"的时候。这总是与他发生事故或由于乱来而死去的可能性以完全相同的步调同时展开着。

一如往日，我很快就对这一切感到了厌倦，于是我整天眺望着大海。太阳从南向西移动的时候，天空上出现了某种特别的东西。色彩、光度等等一切事物以一种窒息般的新鲜感浸染着世界。这种变化具有一种不可捉摸性，你越是盯着它看，眼睛就越是一刻都离不开它。我绝对没有对它感到厌烦，而只是沉浸其中。

他在房子里小睡一会，然后去附近的便宜摊铺或者是在冲浪伙伴的房间里举行的派对上吃点东西，之后又早早地睡了。每一天时光就这样飞逝着，像我们这些普通人如果金钱所剩无几就会回日本，但是他却要把钱花得一干二净，或者疯狂地存钱以便之后去其他地方冲浪。这都是我亲眼见到的事。

那一天，在我乘着出租车去见朋友的途中，想到"我没有和他一起去澳大利亚之类的地方"，我的内心不免有些沉寂。由于这件事，我的大脑乱作一团。这种事还要持续多久啊，这种事已经让我身心疲惫，干脆分手吧，干脆悄悄地搬家吧。与一个用情极不专的人交往，或是一个用情专一且总是迎合我的人积极与我交往，到底哪一个更好呢。

恰好就在一座大神社附近车辆堵塞了，繁密的绿荫反射来的夕阳充盈了整个出租车车厢，将它全部染成了橘红色。阳光照射在叶片上，闪烁着金色的光芒，由于太过耀眼，让人无法看清眼前的事物。

不知为何，我突然感到痛苦，想去大海边。我期待着在那熠熠夺目的每一天，与一个专心致志的人生活在一起的喜悦。我渴望着被自然拥抱，渴望着目标明确，清楚地知道自己为了什么才会每一天都待在那里。不经意间，这种生活已然成了我人生的一部分，这真是太让人懊恼了。

随后，那个想法突如其来地闪现在我的大脑中。说是大脑，不如说是身体传达来的一种感觉。

"我怀孕了！"

这就像一个个雕刻出来的文字一般，呈现在我的脑中。

"太糟糕了。"

我不假思索地脱口而出，于是司机问道："您说了什么吗？"

"没什么，我什么也没说。"我回复道。

穿过堵塞的车流，出租车突然加速向都心飞驰而去。两边的景色也随之运动，夕阳已经落下，只在远处的高楼窗玻璃上反射着仅存的余光。

说起来没有任何生理反应，刚才的那种感觉，让人觉得从充溢着自信的身体深处，似乎有某种东西开始萌发……但是，他会在去了国外后再联系我呢，还是在将要去国外时联系我呢，到底会怎么样呢？现在如果我对他说我已经怀孕了，他肯定会信口说"为了肚子里的孩子我也要成为专业冲浪者"吧。当然，他的身上有些不足。但是面对这样的事，我自己也遽然感到有某种东西遗落了。

对于这样的状况，我愈发变得愉悦。明明不存在什么有趣可笑的因素，但是我却觉得有一阵狂野的生命气息席卷而来。本能地感到高兴，总之我变得异常喜悦。感觉挺有意思的，就把孩子生出来吧。虽然不知道会在哪里分娩，但还是要试着把孩子生出来。我也想看一看我会怎样应对这样的事，"总之先看看以后的情况吧。"我在心中小声说道。坐在傍晚时分穿梭于城区的出租车里，我轻轻地抚摸着腹部。

黑色的凤蝶

　　那一天，我和一位女性朋友开车出去兜风，中午我们在海边吃
了便当。

　　停下车后，我们一直沿着那条通往海边的小路走去。由于是梅
雨季节中的短暂晴天，天气异常闷热，腋下和后背都浸透了汗水。
比我先行几步的她的后背，将蔚蓝如洗的天空作为背景，看到这些
后我似乎回想到了某些东西。就在这个时候，她说：

　　"啊，是大海。不过石头比想象的多，到处都是，不方便
坐下。"

　　随后我追上她，也看到了那片海滨。比起灰色更接近黑色的圆
形石头铺满了整个海滩，杳无人迹的大海朦朦胧胧地向远处延伸，
长满绿草的凹凸岩石山被海浪冲洗着。海水湛蓝，摇曳着锯齿般小
三角状的海波。这是独一无二的荒凉景色。但是，在这样的寂静中
却存在着某种清爽宜人的东西，不知不觉地让人心情舒畅。与那种
落有易拉罐、在海浪间可以看到冲浪者以及有孩子玩耍的安宁沙滩

不同，这里的景色更加肃穆、更加粗犷。

"不过，我们还是坐下试试吧。这里没有人，非常安静。"我说。

她似乎没什么不满地点点头，向石块走去。我在后面跟着她。海浪的哗哗声传到我们的耳畔。

默默地吃着便当，我突然想到："我，之前来过这里。"

"不会吧，为什么现在才觉察到？"

她惊诧地回答道。长发遮掩了她的脸庞，我看不到她的表情。朋友捡起一块石头扔了出去，这次石头与石头碰撞发出了啪嗒的声响。之前她说自己和男友分手已经三个月，周末感到很无聊，所以提出了今天的野游计划。很明显，我提供不了恋人应该提供的东西，我能提供的只有沉默和微笑。

"我有一张相同景色的照片。仔细想来，这里距离父亲的老家并不远。"

"是吗，有这样的事啊。"

"嗯，那是在我还很小的时候拍的。照片里的景色虽然有些混杂，但是最初的回忆似乎就是在这里。"

"是人生的最初回忆？"

"是啊。"

"走了很远，最后又回来了。"她笑了笑。

我的父母由于某种原因，现在移居新西兰。父亲的朋友夫妇来到父亲移居的地方玩，因为非常喜欢那里，所以两个人花光各自的退职金，在那里买了一个小房子。我去玩过几次。虽然我对那种与自己的父母不太相称的秀美景色和西洋生活方式感到不适，但是觉得既然他们活得很开心，那不也挺好的嘛。

在我还是中学生的时候，母亲有了一个比她年轻的男朋友，一场离婚危机突然袭来。

这件事我记忆犹新。

父亲和母亲在楼下聊了很长时间。有时也能听到争吵的声音。不知为何，那个时候我被一首名叫《斯卡堡集市》①的曲子所吸引，我戴着耳机以大音量将这首歌听了很多遍。我把耳机紧紧地靠

---

① 《斯卡堡集市》：是一首旋律优美的经典英文歌曲，曾作为第 40 届奥斯卡提名影片《毕业生》的插曲，曲调凄美婉转，给人以心灵深处的触动。

近耳朵，以便听不到楼下的声音。我在脑海中歌唱着如咒语般的歌词："芫荽、鼠尾草、迷迭香和百里香"。那是在拂晓时分。我房子里的灰色地毯看上去银白明亮。窗外泛着淡淡的青色，鸟儿划过天空。

相隔一条走廊的房间里，姐姐应该还在睡觉。有很多次像这样睡不着的时候，心里空荡荡的，想到要不然去找姐姐聊聊天吧。可是，一种近似固执的东西，一种近似憎恨的东西，让我无法起身。于是，就像被冻住一般，我只是躺在被窝里反复地听着音乐。

现如今每当我听到那首曲子，就会回想起那时的青色空气。讽刺的是，那段时间在新西兰的海边餐厅里，每当和父母一起吃饭，那里就会用大音量放着那首曲子。于是，我就不知不觉地哭笑交加。父母露出一副惊愕的表情。岁月的力量和音乐的力量一瞬间引爆了我体内积蓄的感情。

突然，姐姐露出幽灵般的面容进入我的房间……我这样想着，其实只是窗外拂晓的幽蓝映照在她的脸上而已。我摘下耳机看着姐姐。

"爸爸说最终还是要离婚。还让妈妈离开这个家。"姐姐说。

"你在偷听啊?"我说。

"嗯,他们两个人在昏暗中盯着桌子。"

"太让人惊讶了。"

"确实太让人惊讶了。居然真的发生了这样的事,感觉就像是在做梦一样。"

那时他们两人的冲突点,现如今却成了最有趣的事。处于青春期的我们看到了父母成为普通男女的场面,如果这件事让他们知道了,他们或许会由于羞愧而爆发更猛烈的冲突吧。背景依然是黎明的深蓝。姐姐回到她的房间后,我已没有睡意。我反复地听着音乐,由于受到打击,头脑中一直重复着一个相同的词,"离别"。之后,我还回想起了许许多多令人高兴的事:父母牵着手在海边散步、一家人站成一排观赏烟花大会,以及在清凉的海风中,看到巨大的烟花在发出震耳欲聋的声响的同时骤然绽放,想到它好像就飘浮在天际一般。"小孩子们多么快乐啊。"我不禁羡慕起回忆中的自己。

第二天醒来后,不知为何,我发现消失的不是母亲,而是父亲。

很奇怪，母亲依旧心情愉快。"如果爸爸回来了，我们都去迎接他，这样或许心情就会好转，你们也别去上学了。"她还说了这些不着边际的话。

之后，她说，晚上我们在庭院里烧烤吧。虽然姐姐说"妈，你到底在想些什么啊"，但是，在小睡之后，母亲还是兴冲冲地开着车出去买肉、蔬菜和炭了。

我和姐姐虽然感到惊愕，不过还是调配了酱汁，也清除了铁网上附着的污渍。就这样，不知不觉我们也变得快乐起来。这就是自暴自弃的感觉吧。母亲把音响的声音开到最大，然后放上老唱片。于是，玛丽安娜·菲斯福尔①的歌声开始在庭院里流淌。

"妈妈小时候过着和这个歌手小时候一样的生活。"

母亲一边说着，一边烤着牛肉和玉米。炭火发出噼里啪啦的声音，庭院的幽暗里飘浮着各种气味。我们打开并品尝了父亲珍藏了很多年的葡萄酒。"没事，尽管喝吧，他或许不回来了。"母亲这

---

① 玛丽安娜·菲斯福尔：1946 年 12 月 29 日，出生于伦敦汉普郡，英国演员、歌手。

样说。

"你小时候的生活是怎么样的?"我问。

"像贵族一样的生活。被古董包围着,不需要做家务,只需要欣赏绘画、读书、听古典音乐。另外,还参加各种派对。"

"姥爷家是富豪吗?"

"是哟。而且是画商。身边积聚了很多那样的人。"

"之后,你与爸爸私奔了?"

"是啊,对他一见钟情。"

母亲笑了笑。我们在各自的杯子里倒了葡萄酒,然后咕咚咕咚喝了起来,心情也随之变得愉快。炭火的赤红看上去如此鲜亮。灯笼里的烛焰剧烈地摇曳着。庭院里的灰白泥土飘扬起来。肉和蔬菜异常地好吃。在想要拂除痛苦与寂寞的时候,就这样像一个小小的奖励一般,自由应运而生。

"所以你是想让现在的他回忆起那时的生活?"

盛气凌人的姐姐醉醺醺地说道。

"就是一场游戏。以后不会再见了。"

酒醉更甚的母亲这样说,然后将烤肉翻转过来。

"在户外吃吃喝喝，为什么味道会这么好啊。"

"因为空气好。"

母亲望望天空。母亲蓬乱的头发中生出了几根白发，在火焰的映照下发出了银白的光。

"在遇到无聊的事情时，如果留意，就会发现另一面，其中也隐藏着令人喜悦的事。神灵把什么都考虑妥当了。"

母亲说。

"如果爸爸现在和朋友去了银座的酒吧，那我就原谅他。但是，如果他回到了老家，现在正和奶奶一起吃饭，那他就太恋母了，我要和他离婚。"

她的背影异常坚毅，在夜空的背景中看上去像古老的人偶。带花纹的连衣裙、圆圆的肩膀的线条、像焚烧遗体一般腾起的烟雾——庭院里浮现出的这番景象有一种强烈的感染力。

由于头疼，我们第二天没有去学校。

两周后，父亲回来了。幸好他没有回老家，而是和朋友到处饮酒纵情，结果给别人添了麻烦，所以被赶了回来。于是，父母也就没提离婚的事了。

阳光虽然柔和，却火辣辣地照耀着我们。

每当我们的心中积聚了压力，我们总会像这样驾车兜风，互相保持缄默地坐着。偶尔会发句牢骚，然后回敬一个玩笑。每当这样做，就会发现在记忆的深处飘浮出某种有用的东西或者是令人怀念的活力。我们就是这样把许许多多的东西遗落在景色中。互相说着"就是个顺路的浴场，却大老远跑来"，然后进入露天浴场，吃饭、喝啤酒、泡澡，最后精疲力竭地向都市进发，带着惺忪的睡眼与这里告别。不知为何，第二天自己像小时候一样瞬间睁开了眼。

无需多言心自通的朋友是少有的。如果有一次强行停止交谈，身体里就会任意镌刻上常年互相浸染的节律。两人间的对话也会变得舒缓顺畅。

记忆渐渐清晰起来。

景色几乎没有发生改变。那个海滨的岩石的形状以及飞溅的浪花投射在岩石上的影子都没有发生改变。我与父亲坐在这里。母亲和姐姐把脚浸在海水中打出水花。父亲喊她们两个吃午饭，就在这个时候，一只真正的黑色凤蝶翩跹飞来。它合上乌黑的翅膀，停歇在我们面前。宛如昔日的蕾丝碎边一般，那双翅膀如此优美。这构成了我的最初记忆。

那时，一只黑色凤蝶轻盈飞到眼前来。

我惊诧万分，不敢相信自己的眼睛。

"是黑色凤蝶，好漂亮，好漂亮。"朋友忘却了悲伤的事情，粲然一笑。

我大致说了句："现在有些憔悴，下眼睑也出现了黑眼圈，不过最终会有新的恋情，还要为之努力减肥。"就像我忘记了曾经来过这里一样，这句话又让她盈盈一笑。

无法停止的时间，并不仅仅是为了让人珍惜缅怀，也是为了让人能不断地体验到每一个美妙瞬间，所以才流泻不止吧。

啊，这就是对我的小小嘉奖吧，我这样想道。

田所先生

新进入公司里的人或是来兼职打工的人，三天左右，最晚一周左右，必定会怯生生地来问我："大家所说的田所先生，到底是谁啊？"

"他啊，就像是我们公司的吉祥物哟。"虽然我简单地做了说明，但是大家还是露出一副难以理解的表情，之后也就习以为常了。

田所先生会在上午十点准时到达公司，然后在傍晚六点准时回家。他坐在座位上，一边喝着咖啡，一边读着书，有谁不能接电话的时候他就帮忙接，有时也会帮忙复印文件。这个老爷爷的皮肤非常光滑，看上去年龄在六十七八到七十岁左右。他没有妻子、没有孩子，似乎过着独身的生活。

这样的田所先生一旦不来上班，不知道为什么，大家的心情都会变得阴郁，会担心他，会不断地向他的座位看去。总经理虽然在另一间屋子里办公，但是也会每天来看他一次，如果发现他没在，总经理就会摆出一副错过了好机会似的表情，随后立即返回总经理室。

田所先生就像过去在学校校园角落里被默许饲养的猫咪一样。虽然大家没有义务，但是都会喂养，所以这样的猫咪就可以一直待在那里。田所先生也像高楼间的小花坛，只要他存在，就会让身边的人喜欢上这个世界，也能够确认自身拥有的善意。这既谈不上是什么好事，也算不上是什么坏事。但是，我想这是作为一个人所必需的东西。

在我进入公司的时候，之前的老经理会经常在公司里露面，给自己继任的儿子做这样那样的指示。老经理是一个白发苍苍又精力旺盛的老人，他吸着烟，咕咚咕咚地喝着咖啡，在这里经营着十五家主营健康食品的超市。他的儿子也就是现如今的总经理，是个健康的御宅族，最近开始打理南美洲的植物，也参与到向原住民返还资金的项目中。现在店铺减少了三家，虽然与之前相比公司的规模变小了，但是网络销售额稳步增长，公司的经营情况也由不景气变得稳定起来。当时我的职务是制作放置在十五家店铺里的会刊和小册子。由于长时间待在这家公司，所以我的职务范围也越来越大，不仅要制作小册子，还要管理网络主页。部下加上临时兼职的，总共有三人。但是，这里毕竟是一家小公司，所以没什么重要的工作，不过，在经济普遍不景气的情况下，我觉得有这样一份工作也算是一种恩惠吧。

在我大学毕业来到这家公司的时候，田所先生已经在这里了。

田所先生的身上散发着淡淡的臭味，经常穿着一件皱巴巴的西服。他似乎夏冬各有一套西服，衬衫是一个男职员实在看不下去了，把旧衣服清洗后送给他的；偶尔一些女职员会将廉价的衣服作为礼物送给他。田所先生的个子很矮，而且还秃顶。他的眼睛很小，表情也很难让人读懂。只有胡子剃得很干净。他整个人看上去就像个妖怪，让人感到不悦。但是不可思议的是我每次看到田所先生的时候，并不会产生一种黏滞的感觉。如果是一个怪人，即便衣着簇新，也会让看到的人变得闷闷不乐，但是田所先生却与之不同。看到田所先生时的感觉，就类似于在眺望山峦之类的物体，邈遥，却不由得觉得优美。估计这就是他灵魂的色彩吧。

我想田所先生这种毫无意义的存在，或许是公司里不能碰触的东西。所以我一直忍耐着，装作没看见的样子沉默不言。不过，一个月后，我最终还是没有忍住，就向当时的直属上司——后来稍稍以婚外情的形式交往过的人——问道："田所先生，到底是怎样的一个人啊？"

他笑了笑，说："直到现在你才问我这个问题啊？"

根据上司的话，现在的总经理在小学的时候，他的妈妈曾离家出走扔下他不管。当时真是一团糟。前任总经理由于工作太忙没办法照顾他。就在那个时候，住在隔壁破烂公寓里、头脑有些奇怪的田所先生就开始尽全力照顾这个只是经常见见面的幼小的现任总经理。调皮捣蛋的现任总经理有时会偷田所先生的钱，有时会殴打伤害田所先生，但即便如此，田所先生还是以比自己的儿子更加深厚的感情对待他。田所先生曾阻止过现任总经理自杀，为了让现任总经理散心，田所先生还花光了自己的所有积蓄让他旅行。

由于一些小事而勃然大怒的现任总经理刺伤了田所先生，这个时候田所先生已经没有能力支付住院费。现任总经理此时才第一次将田所先生的恩情伟大告诉了自己的父亲。之后，似乎田所先生的身体很快就恢复了。最终，前任总经理决定将这个没有固定职业又没有从父母那里继承任何遗产的田所先生作为一种毫无意义的存在，安置在我们公司里，以健康食品顾问的名号，成了我们公司的职员。退休之后，他以兼职的方式继续留在公司。虽然他不来公司也行，不过每一天他还是会准点来到公司。现任总经理在喝醉的时候必定会提到田所先生："大家可能都觉得他是个累赘，但是请原谅他。那个人虽然什么也没有为公司做，但是对于我而言，他就是一个比老爸更老爸、比老妈更老妈的存在。"

我觉得最了不起的是，田所先生并没有成为公司的负担。谁都不会当真说给他发工资纯属浪费、为什么还不辞退他之类的话。在现代社会，没人会相信竟然有这样的事。这个嘛，或许，并不是因为田所先生被大家喜爱着，而是因为他总是将自己消融在空气中吧。有时当我想起田所先生，我的脑海里就会浮现出幽晦中他静静地支撑起墙壁的形象。我们公司里的人，都暗暗地相信着这样的事：如果对田所先生有偏见，那么等他去世后，自己就会遭受惩罚。这究竟是他的魔力，还是他的魅力呢，我也不清楚。不过，大家真心诚意地相信这件事本身，我是了解的。因为我也是这么想的。

曾经流行过制作田所人偶作为护身符的替代物带在身边。如果有人开玩笑地问："田所先生去世后该怎么办呢？"必定有人又发怒又流泪。他可真是个奇特的存在。

某个雨天下午，我端着茶走到田所先生那里。

越过他那干瘦的臂膀，可以看到有雨水流淌的玻璃窗，以及对面高楼隐约投射来的光亮。

"请喝茶。田所先生，您今天似乎没什么精神啊，有什么心事吗？是感冒了吗？要不要从仓库里拿一瓶液体蜂胶呢？"

每次只要我端着茶靠近就会呵呵笑着并向我招招手的可爱的田所先生，今天却一边盯着窗外，一边嚼着蜂胶果糖。看到这样的情形，我那样问道。

"哦不不，我没有感冒。但是有点担心。洗衣机的后面啊，似乎养着什么东西。下雨的时候，它会不会感到孤独呢？"

他这样回答道。我有些糊里糊涂。

"似乎养着什么东西？到底是什么啊？"

"好像是幸酱，又好像是死去的母亲。感觉像是神灵，又觉得可能是客厅童子①。一种令人不快的东西存在着，让洗衣机不断摇晃。它喝着漏出来的水生存着。一直，存在于我的房子里。似乎在我睡觉的时候，会偷偷地溜进房间里。"

顺便补充一句，幸酱指的就是现任总经理。

"所以我不能使用洗衣机。之前我也说过。洗衣服的时候需要用手去洗，如果惊吓到它就糟糕了。"

"如果它存在的话，你就不会感到孤独了吧。"

我这样说后，微微一笑。

"是啊，现如今幸酱已经长大了，还娶了妻子。"

田所先生这样说道。之后又向窗外望去。

胸部感到憋闷，于是我跑到洗手间小小地哭了一场。婚外恋时感到痛苦，我都没有在公司里哭过。

大家能够如此亲切地对待田所先生，以及他即便卑微却依然存

---

① 客厅童子：传说中出现于屋内、形同小孩的妖怪。在日本东北地区，被人们视为家神，虽然顽皮，但据说能给人带来财运。

活在这个世界上，这些都让我感到喜悦。我也对自己能流下那样可爱的泪水而心生感激。但是，在想到他的人生的时候，我还是会感到悲切：那个在公司里没有任何矛盾的他、那个没有热恋过的他、那个不会通过婚外情发泄性欲的他、那个看不到孙子可爱脸庞的他、那个和洗衣机后面的某种生灵无声无息地生活在一起的他。

在这里，大家会一边说着"老爷子，要喝茶吗""我可没要你""有何贵干呢"，一边投去亲和的目光。

之前我在一家公司做业务兼职，下午最忙的时候，大家相互无言，只是有的对着电脑、有的在打电话、有的在接待客人，就在这充溢着静谧的时光里，有一次突然传来了叫喊声。我惊愕万分，刚开始根本不知道发生了什么事。楼层的正中间附近，一个女职员站起身来反复大喊着："都是些什么嘛！又不是我的错！我已经受够了！"她用怪异的声调哭喊着，同时还挠搔着头部。大家都惊诧无措，觉得那段时间太过漫长。我模模糊糊地看到周围的人抱起她，把她带到了休息室。明明谁都没错，却被逼迫到走投无路，这就是社会中经常能看到的悲苦吧。

我如今所在的公司里，偶尔会有人对田所先生乱发脾气。或是叫嚣着："看着你就碍眼！""老子可不是为了养活你这种人，才在这里工作的！"或是唯独不给田所先生沏茶，或是在他复印文件出错时责骂他。太过分的时候，有人就会说"别再拿田所先生出气了"之类的话。

　　田所先生什么都没有说。或许是怒气得到了发泄，接下来的一两天，大家都会深刻地反省自己，然后在他的桌子上装点些花朵，或是去跟他道歉。田所先生呆呆地望着远方，只说一些客套话。他不笑不安慰对方，也不谢绝对方。但是之后，一切又恢复至往常。

　　之前我觉得现实并非那么简单，但是看到这里的情形后，我发现人是如此的简单。如果拥有一个能够处理内心阴暗的地方，那么就不会被逼迫到要在安静的楼层里大喊大叫吧。

　　远古，我们还在吃猛犸肉的时候，男人费尽全力争夺女人、女人大量生育孩子的时候，景色看上去还如此遥远的时候……是什么时候呢，估计是很久远很久远的时候吧，但是在那个时候，村子里必定会有一个田所先生那样的人吧。

"今天依然在下雨啊，田所先生。饲养的那个东西应该不会感到寂寞吧。"

我端着茶走过去时，这样跟他搭话。

"那个，我已经知道它的真面目了，它是紫水晶。"

田所先生果断地说。他的嘴角还粘着刚才领到的名叫"萩之月"的出差特产糕点的奶油。

"什么？"

"过去，奶奶作为遗物送给我的一块石头。我本来以为它已经不见了，结果到那儿去了。之所以能发现它，是因为半夜在漆黑的屋子里，我看到了紫色的光芒，如同火焰般闪烁着。而且在电视上，一个很了不起的老师曾说石头是有生命的。果然没错。"

田所先生说。

"确实有东西存在于那里啊。"

"嗯，因为它是有气息的。如果它不在了，我会感到寂寞的。"

"别担心，它在那里很舒心，肯定不会离开的。"

我随意搪塞了一下就回去工作了。

田所先生一边喝着茶，一边望向窗外。雨水在玻璃上流淌，然后流向地面洗涤着沥青。远处的云朵映射出白光，偶尔隐约可以听到雷声。完全一个灰色的世界。在这个大楼中，不会被淋湿，一切如此明媚，令人心情愉悦。另外，在这里，一个或许谁都不会挂念的伟大人物正在静静地呼吸着，就如同他的洗衣机后那个生灵一般，悄无声息又安安宁宁地存在着。

之后，去复印文件的时候，我蓦地下定决心，将手边名叫《治愈宝石》的女性杂志也一起拿去。我抛开自己的工作不管，改变了打印用纸，用漂亮的彩打为田所先生打印了"紫水晶"那一部分。一只手端着咖啡，在这个弥漫着纸张的馥郁的复印室里，一边聆听着细雨敲窗的声响一边进行着打印的我，清楚地明白，在这个微温的雨天午后，我的内心是如此的丰饶满足。

小　鱼

大约在上高中的时候，我的胸部正中央长出了一个小脓包，与衣服摩擦后破裂流出了血，之后那里就高高地鼓胀起来。血红色，不痛也不痒。我想"这该不会是癌吧"，于是慌慌张张地去了医院。

"这是脂肪瘤。"

医生说。据说这是纤维或脂肪的凝结物。医生说，切除后还会长出来，或者有可能长得更大，所以要三年间一直贴着涂有药品的贴布。

三年？惊诧之后，我觉得，别开玩笑了，于是停止了治疗。

有时，由于季节的变化，皮肤会变得娇弱，在内衣过紧的时候，或是与毛衣的毛料摩擦的时候，那个脂肪瘤就会红肿、痒痛起来。不过，我觉得没什么要紧的，所以就一直没管它。于是，它就成了我身体的一部分。每当我低下头总能看到它处于我的胸部正中央。仔细观察，就会发现它的形状像一条小鱼。

在冬日里的某一天，我去泡了温泉返回家后，总感觉皮肤有些瘙痒，那个部位的周围红肿起来。最终还是来了，我想道。

父亲的身体其他部位也长过这种脂肪瘤，大约在十年前的时候，由于那个部位化脓而住进了医院。别人问了我很多次，那时的切除手术疼不疼。我说，是他经历过的痛苦中最严重的一次。他们告诉我在没有变严重前抓紧去医院切除它时，我想说我在涂药抑制它。不过，借着机会我想去咨询一下它到底可不可以被切除。

我选择了一家在周日开业、可以实施激光治疗的较近的医院，试着打电话过去。我想如果可以清除皱纹、粉刺痕，那么就可以处理瘢痕，要是真是这样，那么切除脂肪瘤也是没问题的吧。这个脂肪瘤一直让我很担心。如果化脓了，就必须要切除，那个时候的治疗就会很痛苦。这种想法总是萦绕在我的脑中，令我心情沉郁。

"预约已满，您可以稍等一下再来吗?"接待处的姐姐用柔和的声音说。于是，我若无其事地坐上了出租车。此时，滴滴答答地下起雨来，天空阴云密布。这个午后气候温煦、风力强劲。街上行走的人们，看上去都在享受着这个假日。

那个医院非常洁净，等候室里也有足够的空间。在我翻看杂志的时候，一个医生匆匆忙忙地走了过去，护士们也都敏捷地工作着。我心里思忖道：今天就是聊聊，加开些消炎药吧……出乎意料，很快我就被叫进了诊察室。我详细地介绍了我的症状，以及此时脂肪瘤的状态。那个年纪稍老的医生说，切除后很可能会肿得更大。这与我之前去医院听到的说明是一样的。

　　"如果可以，我想切除它。"

　　我这样说。那位医生仔细地为我说明了价格和激光治疗过程。然后，医生淡淡地说："整个疗程需要四次。从今天开始，可以吧？"

　　那时，我没有多想什么。因为觉得再来一趟太麻烦，所以立即回复："请从今天开始。"

　　在诊察室等待的时候，不知道为什么，我有些心神不宁。我模糊地认为可能是因为自己觉得麻醉和激光治疗太可怕了吧。在签同意书的时候，总觉得自己的心绪有些游离。

　　治疗很快就结束了。

注射麻醉剂时，虽然产生了很大的痛苦，但是与父亲所描述的挤出脓浆相比，也不算什么事。帘布另一边的相邻病床上似乎进行着皱纹祛除手术。我被蒙着眼看不到激光，但是激光正照射在我的胸部中央。虽然有针刺的感觉，不过并不疼。

做了预约，付了费用，我就走上了大街。

大街上不知不觉间雨已停，时间已至傍晚。我走向药店准备买点消毒药，自己想要保持冷静平和，但果然还是感觉到某种东西发生了动摇。我将准备买的伞挂在手臂上，然后走向收银台，结果只支付了消毒药的钱。当我走出药店后，我才发现自己居然如此厚颜无耻地偷了东西。雨伞就这样若无其事地挂在我的手臂上。没有意识到，但一切却进行得如此顺利——我思索着偷窃之道，之后想找地方坐坐，就走进了咖啡馆。一家古旧的咖啡馆。咖啡馆里，坐着一群一群的人，不知道为什么我的心情却变得阴郁。那一群一群的人们，絮絮叨叨地说着他们认为无关紧要的事。无意中听到他们的聊天，我的心情愈发阴郁了。他们说出的这种言不由衷的话语让人感到污秽。我喝着热咖啡，最终，知晓了自己心中剧烈动摇的那个东西的真面目。

走到外面，天色变得更加晦暗。商店里点亮了绚烂的灯火，吸引着路人。我望着天空，不知为何感到一阵悲切。许许多多的商铺排列开去，在商铺大甩卖中拥挤不堪的人们、在室外咖啡铺里品着饮料的人们、一边走着路一边吃着买到的糕点的人们、孤身一人进入面馆的那个人，我观察着这些形形色色的人们，同时向前走着。蕴含着水分的微暖清风吹卷起我的头发。天穹是一片靛蓝色。总感觉到一缕忧伤，这种心绪到底是什么啊，就如同与某人别离后的悲苦。

回到家后，我一边喝着被警告绝对不能碰的啤酒，一边给老家打去电话。

因为是姐姐接的电话，所以我就告诉了她今天发生的事，以及麻醉过程很痛苦。

"有些空落落的感觉，如果对你说，请把那个鱼形的东西保留下来，会怎样？"

虽然姐姐说了些毫无责任心的话，但是有某种东西蓦地在我心中闪烁出光辉。看来姐姐是抓住了核心问题。

之后，换母亲接电话。

"刚才我做了一个梦。你出现在我的梦里。醒后我就流起泪来。"

"什么？也太不吉利了。"

我说后，母亲继续说："一点都没什么不吉利的。不过梦境里的事确实曾经发生过。家里四个人，在海边打着遮阳伞，还借了一把折叠躺椅，你大概两岁，因为犯困所以哭闹不停。于是，让你躺在椅子上，虽然你刚才玩过海水，身子还湿着，但是很快就睡着了。"

这都是为什么呢？在听她讲这些话的时候，我明晰地回忆起那种让人心情极度糟糕的感觉：我娇小的身体湿漉漉地滴着水，妈妈的泳衣也是湿湿的，精神发困，身体发热。

"太让人悲伤了，妈妈。"

"确实让人悲伤啊。"

父亲年龄大了，已经不能行走，母亲也不能再游泳了。所有的一切都幻化成令人怀念的往昔。所以母亲才会流泪？不，做了那样的梦的母亲，其实是为我感到悲伤吧。

胸部贴着纱布的那里依旧鼓起着，总觉得还有点痒痒的感觉。因为发痒，所以一直留意着那里。之后我惊诧地发现：那条鱼已经不在了吗？不管是怎么样的伤悲时刻还是快乐时刻，一直存在于那里的我的身体的一部分……我似乎觉得这件事对我非常重要。自己身体的一部分确实发生了改变。

　　我惊愕于我竟然做了这样的抉择：反正早晚要切除，还是尽早切除为好……说起来，那些整过形的人，又会怀有怎样的心情呢？这些人永远无法与最初的自己再会了。那么丰胸呢？不管是怎么小的胸部，自己都已经看习惯，但是让自己的细胞堆积起的自己的身体发生改变，究竟是为什么呢？我不是在否定她们，而是觉得她们并没有认真思考这样做的目的。

　　之后我男朋友来了，我就把今天发生的事告诉了他。

　　"是吗？已经不在啦……总有点空落落的感觉。"

　　我急速地把这件令人惊异的事告诉他后，他却心平气和地这样说。

　　说起来，至今为止交往过的恋人中，无论是谁，即便在他面前脱衣服，我都拒绝让他看那里，我会说，那里有一个鱼形的瘢痕。没人会在意那里，也没有人说，把纱布取了不更好嘛。比起我，他们肯定更加认为那个鱼形的凸起是我的一部分吧。在与某人分手后，我躺在浴缸里哭泣的时候，那个凸起就会跃入我的眼中。我想，那里正存在着自己的一部分吧。

一如往常的悠闲晚饭时间来临，我们一边看着电视一边吃着晚餐。有饺子、啤酒、菜根拌蛋黄酱。与之前并没有什么不同，但我却不由得心情消沉。因为麻醉后开刀留下的伤口隐隐作痛，所以我喝了从医院拿回来的止痛药，不久，睡意强烈袭来，于是我在沙发上深深地坠入睡梦中。

猛然醒来，已经过去一个小时。

它已经不在了，我想道。

好想返回到今天早上。或许我还是会和今早一样下定决心要切除它吧。虽然不合常理，但是我还想再一次看看那个鱼形瘢痕，再一次抚摸它。

这是一种思念某人的心绪。揭开胸部的纱布，发现那里已经不存在那个鱼形瘢痕了。我已然发生了变化。我没有夸大其词，就是这样感觉的。这种心情就是我们不得不与某件较为重要的东西离别时所产生的内心感受……就如同在旅行的时候，不知为何与邂逅的人情意相合，无论那人是男是女，立刻就能与其成为好友。虽然没有缘分与那样的人成为恋人或亲戚，但是却非常合得来；或者，自己与那样的人相隔得很遥远，如果不是一次偶然的相遇，那么或许一生都不会相逢。与那样的人邂逅之后，因为大家有着共同的目的地，所以在一周内都一起行动，一起吃饭，一起游览，住在相同的旅馆里，在房间里走来走去说说笑笑，有时也会感到少许的隔阂，之后由于下一站的目的地不同，所以在某个清晨就与那个人分别了。大概就是这种感觉。也不是说特别喜欢那个人，想着以后还会相遇吧，一起吃了最后的早餐。从那个时候开始，不知为何，觉得有一种空寂感渗透入两人的关系中。交换了住址和电话号码，并将对方送到车站，最后挥挥手。

之后，当自己一个人旅行时，不禁感到轻松，虽然自己已经被空寂感打垮。不会再在相同的地方相遇了吧，再也不会一起去旅行了吧。即便之后相遇，也无法回到昨日那样可以开怀大笑的旅伴关系中了吧。明明刚才还在那里，可感可触，可是此后或许连相见的机会都没有了吧。

那个时候我才第一次知道关于旅行的全部回忆所带有的宝贵的光辉以及时间流逝的残酷性和虚无性。此时对方也被那种空寂感打垮了吧。现在，那个人超越了我的恋人、亲戚、同伴，成为了我最渴望见到的人。但是，在数小时之后，我们就互相忘记彼此，关系变得淡薄，之后又开始迎接崭新的明天吧。这，是最令人感到空寂的。

半夜电话突然响起，听到是留言电话模式，对方用极大的音量留下了信息。我所熟识的位于新宿二丁目的一家酒吧的男掌柜，用粗犷的声音对着留言电话喊道："你已经睡了吗？是我啊，请给我回电话，是我啊，快起来！听到留言后，请赶紧给我回电话！"

思考片刻后，我给对方打去电话。如我所料，我的两位女性朋友在那里喝得酩酊大醉。男掌柜和她们俩交替出现在电话中，简直就是肆意妄为的酒鬼的言辞——我要辞职了！我决定好的一套房子已经黄了！我好想去泡温泉，要穿什么样式的内裤呢等等之类的话。她们竟然没叫我出去，确实不可思议。因为时间多的是所以给你打电话哟，她们大喊道。她们说出那样无品的话后，我心中的空寂被顺势一扫而尽。那时对于我而言，这些情绪高涨的人们的粗鄙声音，听上去如同天使的喃喃细语一样，清灵温存。

最后说话的那个朋友是一个直觉极为敏锐的女人。

"如果不是这个月下旬泡温泉，那我就没办法去。胸部的那个瘢痕刚刚用激光切除了，手术后的三天不能去泡澡。"我刚说完，她就问："稍等一下，那么你没有失去什么东西吗?"

"没有……从物理上而言，只是失去了胸部的那个瘢痕。"我说。

"这样，那个，听你说的时候，感觉你在和谁拜拜告别。非常孤寂，某种东西发生了变化似的感觉。"她说。

她的直觉太敏锐了，我心想。这个时候，电话里传来了嘈杂的大合唱声，她喊道："太吵了!"之后其他两个人陆陆续续接了电话，"这么晚给你打电话太不好意思了……再侃两个小时不介意吧?"这样的玩笑重复了三遍后，就挂断了电话。

在这变得静寂的半夜房间里，我心中的空寂感有少许的消散。即便是在半夜，想要打电话的时候，就直接将自己想要打电话的心情表现出来，和自己想要对话的人说话，或者是与喜欢采取这种表里如一的交流方式的人们对话，比起白天和一个不太想与之交谈也不太了解的人正经地打五分钟电话，怎么都不会觉得累。

我对那些聒噪的天使们心存感激。我想，这就是神灵看到被寂寞打倒又从中遭受冲击的我时，给予我的一种解决方法吧。

即便盯着那已经变平的胸部皮肤，胸部也不会感到疼痛吧。已经看不到小鱼的形貌。皮肤已经变得洁净，我不用再担忧，而应该为之感到高兴吧，但是，今夜我却觉得如此孤单，作为旅行伴侣的小鱼已经不在了，明明今天早上还和我在一起，以后就再也见不到了。那个孩子肯定是个好孩子，一直以来谢谢了，急迫地用激光把你去除真是对不起，可是，永别了——我这样想着，就钻进了男朋友呼呼熟睡的温暖被窝中。

木乃伊

将要步入二十岁的女孩子，一般都是年轻气盛，想要把整个世界彻底塞进自己的小脑袋里，当然我也不例外。而且，有时会不明就里地恼火烦闷、焦躁不安。或许，是荷尔蒙的问题吧。荷尔蒙的紊乱有时会产生出一种异常敏锐的感觉。它如同刹那间悬挂在天边的艳丽彩虹一般，只在极短的时间里闪耀光辉。此外，它还是一种让人难以嗅出其气味的存在。

明明才刚到六月①，就读于药学部的我，就已经对大学感到索然寡味。心情不佳的我傍晚时分走在回家路上，正当我穿过公园时，看到高空处有一条光辉淡淡减弱的彩虹。此时，我突然想到，或许之后很长的一段时间里自己都不能像这样仰望天空了。

预感果然应验了。那一天，在那个公园里，我遇到了一位住在附近面熟的青年，我被他带走，并被他软禁了起来，暂时是不能回家了。

我只知道这个姓田岛的青年似乎是研究生，而且他兼职协助遗迹挖掘，好像去过埃及大半年。他是一个被晒得黝黑、戴着眼镜的文弱男子，属于那种略受欢迎的家庭教师哥哥般的类型。一直以来我都很喜欢他的眼睛，每逢在路上遇到，肯定会跟他打招呼。

　　"晚上好。"

　　我纯真无邪地跟他打招呼，并微微低下头。他淡淡一笑，说他最近正在撰写论文，现在出来散步换换心情。

　　"上个月在这里有人被杀了。"他说，"这里很危险，你还是不要一个人走，我送你怎么样？"

　　你又怎么能保证你不危险呢？虽然这样想，我却没有说出口。

　　"犯人还没有被捉到吗？"我问。

　　"嗯，警察也到我们大学侦查过，因为我们经常在研究室待到大半夜，研究室里也有能把人大卸八块的工具。"他说。

　　"那个被杀的人，被大卸八块了吗？"

　　"好像是。听说唯独找不到脑袋。"

----

　　①　日本大学的新学年从当年的 4 月份开始。

身体全知道

"脑袋……"

其实，之前我已经被提醒了与之后将要发生的事相关的大致信息。那时，当他的手掐着我的脖子，我已经在他的目光中确切地解读出数小时后自己的命运。

但是，在暮色沉沉的公园，对杀人犯和面熟的人做一个简单的比较，刹那间对于潜伏在幽暗深处的杀人犯的畏惧，还是让我做出了理性的判断。我选择了他，与他同行走了回去。人类没有发情期，而是全年都能瞬间爆发情欲，也是我选择跟着他的理由之一。或许，在他的目光中，我嗅出了某种诱惑自己的东西。如果我是野生动物，我可能早就逃跑了。因为我解读出了威胁生命的信号。然而，仅仅作为一个愚钝的女性的我，春心萌动也是情有可原的。我可以逃离的机会只存在于那一瞬间而已。

但是一切都太迟了。那时，在阴暗的树影中，我们俩正向着更加幽晦的、只属于我们两人的世界渐渐沉沦。

在我家附近，他突然张口说："我觉得我们不能就这样分别。"

他的眼神如此认真。我回复道："你的意思是，我们约定好下次再见面？"

他根本就不是我喜欢的类型。我们之间话不投机，兴趣也截然不同。可是，与他同行的时候，我感到有某种东西紧紧地包裹着我们……仅此而已。也只有这一点让人产生些许的兴趣。我完全无法想象我们在车站前或其他地方的咖啡馆里约会的场景，这让人觉得太愚蠢了，我想立马转身离去。

"稍等，我有件东西想给你看。"

他这样说后，在傍晚静悄悄的小路上紧紧地抱住了我。他身上散发着旧毛衣的干巴巴味道。如果不跟着他去，我最终会被尾随杀害吧，不管怎么样，与其夜长梦多，还是尽早解决吧。我这样想着。不，可能仅仅是因为我想跟着他去吧。那个时候，我就是想抚摸他身体的一部分。一股炽热的激情袭来。这种激情是我至今都没有体会过的情绪，虽然是一阵邪恶的燥热，却让我觉得有某种东西触摸到我的灵魂深处。

他的房间像仓库一样宽敞，据说是由房东家的库房改建而成。屋顶高耸，屋内有梯子有阁楼。我孤零零地坐在里面。他给我端来咖啡。我凝视着蒸气朦胧的窗镜。房间里放置着许多令人不悦的东西，似乎是从古埃及的坟墓中挖掘出的一般……比如，壶、箭头、鳄鱼头部的石像、陶器碎片之类的东西。

"你说有东西要给我看？"我说。

反正两个人心里都明白之后要干什么，我又何必多此一问。

"请转过去。"

好像看透我的心思一般，他把我扑倒在榻榻米上。

他的体形、做爱时的表情以及从成人电影里学来的色情做爱方式，我一点都不喜欢。他仅仅是想满足自己的插入欲望，似乎并没有想到要让我体会到快乐。他毫不厌倦地几次达到高潮，但这并不是普通的性爱所带来的普通的快感，而是一种扭曲的激越。不过，我又能说些什么呢？

他异常纤细的手臂、凸显的脊柱、繁密的体毛、取下眼镜后露出的长睫毛以及被晒得黝黑的肌肤，招人讨厌又让人陶醉。他自始至终都一言不发，这一点也深深地吸引着我。

这种感觉恰似小时候去海边，闲躺在海浪拍打的海滨。被海水浸润的细沙在身体下面柔柔地晃动着。那是一种令人痴迷的愉悦，虽然知道海沙会不断钻到泳衣里，之后处理起来会很麻烦，却觉得一切都无所谓，只想享受闲卧海滨的惬意。一度曾厌倦身浸其中，然而一旦被柔软细沙的力量捕获，就依恋不舍地想继续躺在那里。

做完后，我们裸着身子从梯子爬到阁楼上。他不让我联系父母，一晚上任凭他的性致蹂躏着我。

在我小时候，我也有自己的恋爱标准。无论那个人在他下流的想象中怎么对待我，我都有权利选择原谅或者不原谅。如果厌烦，即便是关系亲密的朋友也不会原谅。我曾下决心只与能够被我原谅的人恋爱。但是，我却从来没有思考过要和一个我不能原谅的人，仅仅是为了做爱而维系一段关系。世间确实还有许许多多的崭新事物啊，我这样想道。我们没有交谈，没有片刻的休憩，只是一味地做爱。我只问了他一个问题："你上一次做爱是在什么时候？"由于畏惧他旺盛的精力，所以我问了这个问题。"高中的时候，只做过一次。"他这样回答。这样啊，那我明白了。

想要看时间，他却把我的手表藏了起来，窗户上挂着厚厚的黑窗帘，将这个房间布置成一个暗室。睡了一觉后，我也就无所谓了，咕咚咕咚地喝了水。当然，房间里没有洗手间，也没有隐私。

我一直被捆绑着。在亲兄弟面前不能做的事，却可以在从未谋面的陌生人面前做，性爱真是一件匪夷所思的事。随着时间的流逝，我产生了会一直这样生活下去的错觉。

"我说有东西给你看其实并不是骗你的。"

如果我不给家里打电话，父母就会给警察打电话了，当我这样说了十二遍后，他突然说了那样的话，然后从整齐地摆放着资料的书架内侧取出一个细长的箱子。打开盖子后，里面装着一具干透的小猫木乃伊。

"啊。"

我叫道。

"这是你自己做的吗?"

他点点头。我惊讶不已。因为他的话总有一半是玩笑之言。

"它确实是一只招人疼爱的猫咪，活了十八年。最后，像埃及的木乃伊一样，我把它的内脏挖了出来，塞上好闻的药草，做成了木乃伊。做的过程很耗时，即便省略一些步骤，也需要相当的耐心和勇气。之前我也一直很好奇自己到底能不能做出木乃伊，做过之后，觉得也没什么大不了的。"

"做的过程很难受吧。"

"真是太难受了。可能你觉得我做的过程很快乐，但是那真是一件孤单、悲伤、让人难受的作业。我想彻底忘掉它。虽然不是我亲手杀了它，但是如同我亲手杀了它似的沉重记忆一直阴魂不散。"

"是这样啊。"

"不过无论如何我都想留下它的身影。"

"如果懂得相关技术，我想其他人也会这么做的。我觉得这和剥动物皮做标本以及用动物毛做毛衣没什么区别。"

我这样说道。片刻之后，他说："我知道你不会再见我了，不过，你可以再和我待一天吗？就一天。现在，你可以给你家里打电话。"

"不行啊。"我说。

猫咪的木乃伊包裹着漂亮的布，静静地被放置在那里。目睹他的温柔、他的人品，发现他并不像刚才那样是头野兽。名为情感的杂质纷纷坠入我的心间。

小时候我经常惹父母生气，那时我也具有这种令人厌恶的冷酷一面。比如，去百货店购物，如果遇到接客不周、做事不细心、只是一味推介商品的糟糕店员，那么妈妈就不会在那里买东西。"那个店员，真是猪狗不如。"我这样说后，妈妈就会批评我不能这样想。她说我是在藐视他人。不过，我自己根本就没有什么值得骄傲的地方可让我去藐视别人。说真的，我当时就是那样看待那个店员的。我就像箱子里的虫子毫无目的地爬来爬去。那个时候情况就是这样的。我的性情就那么直率。对于我不想交往的人，我不会亲切相待，只想快速离开。

"那我给家里打电话了。"

当我从包中要把手机取出来的时候，他抢了过去几脚踩碎。

"你在干什么呀!"

说完，我站起身向门口走去，这时，他冲过来将我扑倒在地上，意欲再次侵犯我。我忍无可忍，抓起身旁的细长雕像，向他的脸庞划了过去。那个泥土做的雕像嗞地划破了他的脸庞，顿时鲜血汹漫。

看到这样的情形，我心中一直栖眠的爱的概念，全部达到沸点。一直以来我所喜爱的人们，以后的人生中我将要喜爱的人们，与这些人无法沟通的情思、难堪、苦闷以及其他表露的一切，在这个瞬间充盈我的体内。

"对不起，我为什么要这么做啊！"

眼泪扑簌簌掉下来，我紧紧地抱着他。

"别介意，错的是我。"他说。

我给他的伤口消了毒，然后给父母打电话，说自己突然想到有些事要外出两三天，说完慌忙挂断电话。

之后一段时间里，我以一种近乎恋爱的状态，再次躺到他阁楼的被褥里。我轻轻地抱着他，留意着不碰到他的伤口。

尽管如此，离别的时刻还是悄然而至。对此我们都心知肚明。

深夜睁开双眼，在微微透入的街灯光线中，他爬起身来，然后定定地盯着我露出的腹部，定定地盯着。他似乎看到了我的内脏，我这样想道。莫非他想把我做成木乃伊⋯⋯不可思议的是，我并不害怕。之后，我又进入梦乡。

当我再次睁开眼睛的时候，只听到大雨滂沱的声音。雨停后我就回家了，说后，他点点头。脸上的伤口已经结痂。在雷声的轰轰狂鸣中，我们度过了最后的一点时间。

我不愿再去回想那时父母有多么生气。如果他是杀人犯，我可以编造一段有趣的奇谭，但事实并非如此，真正的杀人犯很快就被捕了。一个变态的大叔杀死自己的情妇后肢解了她。

之后，在路上我再也没有遇到田岛君。有传闻说他在国外得了疟疾，回国后又患了精神衰弱，现在要么住院，要么经常去医院。大学毕业后，我成为一名药剂师，离开了这座城市。

数年之后，他以埃及为背景创作了一部推理小说，从此在文坛出道，小有名气后偶尔也会出现在杂志中。这完全又是一段奇谭啊，我这样想。头脑聪慧，笃爱考古学，又有着异常敏锐的感情，于是顺理成章地从事那样的工作，不过，也不是什么重要的人物。唉，我又抛出了让父母恼怒的傲慢意见。

他似乎已经结婚，他的夫人曾出现在杂志的卷首插图里。即便穿着衣服，也依然可以看出她的体形与我的相似，我的内心深处不免隐隐作痛。

我谈着普通的恋爱，与恋人约会、聊天，打扮得漂漂亮亮地去见面，也做做爱。我再也没有对夜晚道路上相遇的人产生过情欲。

那曾是年轻时异常扩张的感受力将幻想变为现实的瞬间。通常而言，事物从各个角度观察都是成立的。但是，如果将其他所有干扰都剔除掉，只凝视着一个世界，那么一切都是有可能的。那个傍晚，两个人邂逅，我异样的内心世界被他相同的力量所感应，发生了化学变化。两个人一起跳入与现实相异的维度中。两人之间有一种震慑人心的强烈力量发挥着作用。

我时常会回忆起那时的事。但是，现在多姿多彩的生活，才是绝对正确、绝对幸福的吗？

那个夜晚，在被窝里一直睁着眼互相搂抱时所听到的雷声是那么悦耳。如果可以，我希望自己就那样一直不要从那个世界里出来。

我一直幻想着，幻想着自己像那只猫一样，被做成木乃伊步入异次元；幻想着我的男友被我令人窒息的爱情所摧毁，他的头被割掉，坠入死亡之渊。

其实，我并不认为这是多么糟糕的事。

明媚的黄昏

　　听说从小玩到大的朋友紧急住入医院，趁工作间隙，我匆匆赶到那里。在大病房里，她周围的病床上都躺着老年人。她尖细的声音虽然降低了音量，依然清晰可闻。她正坐在最里面的小病床上与来看望她的人交谈着。当我出现在她面前时，那个来看望她的人就辞别了。阔别十几年我再次看到她穿睡衣的样子，我的心中产生了一种奇妙的怀旧感。色素稍稍浅淡的头发、眼睛中的神色、纤细的身体、似乎要弯折的手腕、小巧的肩膀，她似乎完全没有发生什么改变。我们顾及周围，小声地交谈着。

　　"医生说还是先不要切除，因为目前不清楚是良性的还是恶性的。"她说，"如果转移到头部，那么90%的可能是恶性的，那时再决定手术的日期，不过医生又说如果做磁共振，或许发现是良性的。这医生真给人一种马虎迟钝的感觉。"

　　我默默地感觉到她的风格未曾发生改变。确实，这是一种令人头脑炸裂似的烦恼，让人反复思索人生、死亡和生命。但是，在这个病上，没有什么力量能够改变她。入院之前，她去上班时会特别注意不要把自己生病的事告诉周围的人。"我觉得自己身上肯定不会发生那样的事"之类谁都这么认为的想法，她也反复思量过吧，不过，即便这样想了，这种想法对日常生活所产生的变化也是微乎其微。发现病情后，远处的医院觉得麻烦就住进了附近的医院，做了手术，痊愈后立马返回公司，虽然目前情况有些复杂，但也是没办法的事。

这种干脆果断虽然不值得美化，但是一个人一直以来淡雅地过着自己的生活，还是让我肃然起敬。尤其是在充斥着病人们的鼾声、嘈杂声和气味的午后病房里，她丝毫不受影响，也不畏缩胆怯。她坦率直言，对自己的境遇感到少许的难为情。

"这里的饭菜也很难吃啊，今早还真敢拿出些猫食来！味道太难闻了，根本吃不下去。"

她完全不顾忌身边的众多护士，大声地说着那些话穿过走廊，一直把我送到电梯口。她微笑着对我挥挥手，在电梯门就要关上的那一刻，我又瞟了一眼她睡衣的花纹。

有许多人帮助过我。也有人寻求过我的帮助。如果这是一种纯粹的、毫无其他企图的帮助，那么在以后的人生中，即便和那个人的关系变得淡漠，当想到"似乎有某个人帮助过我，可真是我的大救星"的时候，我的脑海里总会浮现出她的身影。

事态为什么会发展到这一步，我也不太了解，我甚至记不起来到底发生了什么。上初中的时候，通过座位的顺序或者姓氏的顺序，我总是不明所以地被选中，然后不得不与其他班级不明所以的同学制作不明所以的资料。因为嫌麻烦，所以去了三次就没再去了，也和一些非常讨厌我的同学产生了嫌隙，于是在没有任何说明的情况下，他们让我一个人完成那堆不明所以的资料中最棘手的部分。

当我轻松愉快地来到那个教室后，一个人说了句："抱歉，你是不是之前来过？"然后就把那些任务强推给了我。那个人的态度蛮横，充斥着对我的憎恶，这不禁让我心情低落。对从没有见过的人，抱有如此的憎恶，也挺让人羡慕的。大多数这样做的人，肯定会在心中暗自发誓"要去憎恨某人"，然后将自己心中蛰伏的憎恨力量全部倾泻而出，最终深陷在这种变异的状态中不能自拔，于是战争就爆发了吧……正处在无忧无虑的青春期中的我，居然思索着这样的事，看来我的心确实受伤了。

更甚的是，大家以一种故意找茬的语气说句"那么就拜托你了"就离开了教室，只留下我一个人孤零零地待在那里。看到桌上留下的资料、尺子、笔，完全搞不清楚要做些什么。我走到教师办公室，想问问负责活动的老师接下来应该做些什么。那个老师是那种惩戒学生时故意骂骂咧咧，还按成绩顺序惩戒人的家伙，非常讨人厌。"不好意思，之前休息了一段时间，还是你自己想想怎么做吧"之类的话，那个家伙竟然足足讲了二十五分钟。不想做的事别人强制我做，想做的事却又做不了。就因为那点事我竟陷入这样的困境，仅仅是初中生的我对于这样的世界实在是无法忍受，懊悔的泪水、悲切的泪水不禁泉涌而出。看到我落泪了，那个老师才开始告诉我最初应该干些什么之类的具体步骤，语气颇为盛气凌人。鼓吹"逃避任务就要受到惩罚"之类的人，执行那项任务的浅薄的孩子们，看到这一切却依然包庇那些惩罚他人的人，还厚颜无耻地加入其中的大人，都是些人渣。"既然你知道怎么不早说，我他妈也很忙！"我硬是把这句话咽了回去，最终我并没有在办公室里留下"我是个粗暴女生"的黑历史。再这么纠缠下去就没完没了了。由于愤怒，眼前的一切变得昏暗，我的内心再次受到伤害。

知道要做什么事后我又回到教室。那里没有一个人，但是电灯却明晃晃的。本来应该五六个人做的事，却让我一个人完成，而且我也不想做，所以进展得很不顺利。

夕阳的熠熠余晖投射进教室里，我的内心愈发惆怅起来，我极不情愿地开始动手完成那些任务。一会儿划线，一会儿制表，真感觉自己是个傻瓜。

就在这个时候，咣当一声，教室的门被打开了，她走了进来。

"出什么事啦？"

她说后，我不禁大哭起来。比起"朋友终于来了"所让人感到的喜悦，我的内心却产生了"阔别多日又看到美丽的事物"之类的朴素感动。

她的口吻并非是嘲笑挖苦的，她也不是那种因为嫉恨他人自由自在的人生而玷污了自己生命的人。她飒爽地走进教室，那个时刻实在太美了。与她纤细的身材相比，那身学生服显得肥大。她的动作敏捷自如像流水一般，她的手臂如玉棒一般娇嫩，大大的瞳孔显现着正宗的褐色，真是一种猝不及防的美丽啊。

"刚才我在图书馆查资料，想到你是不是还待在教室。"

她用高亢而通透的声音这样说道。

"为什么你一个人在这里？"

我想要做出说明，此时，眼泪不禁潸然而下。

"我帮你吧。"

说后，她立马开始帮忙。

如果是我听到别人有什么麻烦，可能会让对方欲哭无泪吧。即便想和对方一起发怒一起哭泣，可能只会把对方弄得更惨吧。不过她什么也没有问，立马动手帮助我。

如今想来，那时她的表现就和现在她知道自己生病后的果断表现没什么区别。必需品之外的东西她不追求，她也不会逃跑，其他添油加醋的东西也无法蒙骗她。她那句不强不弱、不温不火的话就这样让我看清了她的品质。她可真是个高雅的人啊。

她静静地拿着尺子在雪白的纸上划着线。夕阳的余光透过她那褐色的秀发反射出灿灿金黄。修长的手指被浸染成橘色。可能是由于余晖射来，房子里变得如白昼般明媚、温暖。

夜色朦胧，在回家的路上，我多次向她道谢。她却说："你可真啰嗦，我也没做什么啊。"几次故作嗔怒地向我盈盈一笑。

在医院看望她后，回家路上我又偶遇另外一个从小玩到大的朋友。我说我去医院看了之前那位朋友，刚遇到的这个朋友说自己昨天刚刚去医院看过她。

刚遇到的这个朋友，从我五岁到我升高中后搬家，一直都住在我家附近。她已经结婚，马上要生孩子了，所以偶尔会回娘家。她确实快要生了，肚子鼓得大大的。

"我送你过去。"说后，两个人在寒冬薄暮的道路上缓缓走去。与五岁时的伙伴走上五岁时曾经走过的狭窄道路，不由得让人产生一种怪异的感觉。而且腹中那个零岁的小宝贝就要来到这个世界茁壮成长啦。

走上儿时走过的这条小路，两边墙壁低矮，道路窄小，就如同走上迷你的大路一般。天空上的粉色和橘色，断断续续地将云朵涂抹得美丽绚烂。

当然，我们也聊了住院的朋友明天将要做手术的话题，之后，两人就保持了片刻的沉默。在不可思议的状态下两人肩并肩地走在对于两个人而言"习以为常"的道路上面，此时，这条路显得如此不同寻常。一方远离故乡在此工作，一方腹中正怀着孩子，但是，两个人却用昔日的语调淡淡地攀谈着共同好友的性命攸关的疾病。一切都未曾发生改变，只觉得所有的东西都慢慢地产生了扭曲。

往日，还是幼童的她与我，在这条狭窄的小巷中，来来回回地到处走。任何细小的变化都逃不过我们的眼睛。哪家围墙上生长着爬山虎，哪朵白色的花味道难闻，石阶上又少了一块，哪里还长出了一株三叶草，这些都逃不过我们的眼睛。在路中间的小片空地上，我们会埋一些小宝藏作为对那里了如指掌的证据，我们还绘制了地图，有时还翻过围墙穿过别人的院子，绕着只属于我们的通道巡游一周。

之后的某一次，当我们两个人远游时，我们发现了一块更加宽阔的空地。拆除的建筑物留下的痕迹已经大致被收拾干净，空地上草丛茂密、小花繁盛。空地的最边上是一片悬崖，从那里可以隐约俯视遥远的街区，那里曾经是一汪大海。现在眼前空无一物，只有清风吹过，我似乎仍然能嗅到大海的气味。踏着青草，摘起小花，登上瓦砾尽情玩耍，眼前的街区在暮色微暗中亮起熠熠光辉的夜景前，一直待在那里。

之后那里建起了一家医院，很久很久以后，我的一个从小玩到大的挚友就住进了那家医院，这也确实太诙谐有趣了。与当时相同的角度，夕阳的光芒再次铺满这个街区，我的内心不由得有些凌乱。我似乎觉得自己已经记不清楚自己的年龄和居住的地方，如同行走在梦中出现的景色里一般。那既非美梦也非噩梦，只是与现实渐渐远离。现在身处于这个迷你的世界中，似乎只有自己成为了巨人，可以从高处凝望我们渺小人生的每个细节，以及从过去到现在的每个时刻。这样的错觉把我深深俘获。

这样的凝望绝非坏事，它是一种明媚柔美、深情款款的感触。

真　心

　　我一直未能熟睡。稍稍有些迷迷糊糊，又猛地睁开双眼。就在这样的反反复复中，时间已到早上。天空渐渐明亮，像施了催眠术一般朦朦胧胧。

　　虽然我想着赶紧入睡吧，但是，柔和的曙光透过我房间中鲜亮橘色的窗帘射了进来，使得房间更加明亮，我根本就睡不着。打开窗户，冬季凛冽的寒风倏地吹了进来，将崭新的一天呼唤进充斥着让人难以入眠的热气的房间中。于是我放弃了，决定起身。我喝着咖啡，同时品味着体内的慵懒和清醒的大脑中被打破的平衡。

　　桌子上放着一封信。

　　无论读多少遍，信中的内容也不会发生改变。"其实知道这一天终究会到来，却没想到竟然是今天"之类谁都会思考的事，又一次牵引起我的思绪。从昨天开始一晚上嘟哝了不知道几万遍的话，此时又从我的嘴边滑出。

　　"可是，已经十年了，让我该怎么办呀。"

我到底该怎么办啊。这个谨小慎微，一遇到纠葛就战战兢兢，然后立即笑嘻嘻地逃走的我，到底该怎么办啊。

敬启：

　　你上班的那个画报设计公司里，应该是有个叫中本的前辈吧。那个人的妹妹是我的朋友，和她聊天的过程中偶然了解到你的事。有些惊讶你还这么年轻，不过，你居然和我老公交往了这么长时间太令人惊讶了。你要怎么做啊，现在你还是好好想想吧。我觉得应该把这个情况告诉你。你们已经交往那么长时间了，立马分手肯定很难吧。不过，我们夫妻关系很融洽，说实话并没有想要离婚的意思。你肯定是个很好的人。虽然没见过你，但我觉得应该是这样的。还是请你好好想想吧。就让我们不断重复发怒、哭泣、思索、冷静的过程，不惜时间反复考虑吧。

波田伸子

这封信没什么可指责的，对方并没有恶意，只是想传达她的惊愕之情而已。虽然两个人都感到惊愕，但是也无法互相帮助，这确实令人悲伤。她给我的印象是，她已经万念俱灰。耗费大量时间在她心中一点一点筑造起来的绝望之城，牢牢地屹立在那里，永远不会崩塌。

该怎么办呢，我迷离的双眼望着窗外的天空反复思索着。波田先生没有联系我。我想要试着联系他，但是周六周日他的手机一般都关机。或许，他不知道这封信吧。

我没有向任何人提及过这段恋情，无论是亲戚朋友，还是父母兄妹。我只说我有喜欢的人，偶尔见见面，对我的淡漠性格有所了解的人，就会表示理解，"这样啊"。其实，我根本就不淡漠，而是非常炽热，只是之前一直未能得到满足而已。

偶尔我只能认为这是某天必然降临的厄运突然席卷而来罢了。上个月，和那个叫中本的前辈一起喝酒的时候，稍微聊了一些比较私密的话题。比如，是什么时候失去少女贞操的。我说是初一的时候，她惊诧地说，也太早了吧。而且醉醺醺的我还说，那个人我现在还交往着，他可是我的初恋啊。听后，她愈发惊讶不已。我非常喜欢她惊讶时的表情，眼睛瞪得大大的，拿的东西也从手中脱落，眉间隆起皱纹，一副疑惑不解的样子。我饶有兴致并稍加夸张地讲了自己和波田先生的事。于是事态就变成了这样，缘分这种东西还真是匪夷所思。

待在家里时，我感觉那封信里似乎飘出某种气味。如花香一般，似乎带着香甜浓郁的芬芳。输了，我输给了它的强大压力。我没有那么坚强。我只是不想改变每天的幸福快乐，请不要这样强压我，我这样想道。是我不想失去现在的生活的滞重执念已经在心中生根发芽了吗，还是我因为太喜欢而一心想着结婚呢？

我穿上外套，拿起提包，匆匆向外走去。午后和煦的阳光洒满大地。冬日的空气清新澄澈，淡蓝色的天空看上去那么高远。没有行人的住宅区街道阒寂静谧似乎时间已经停止。隐隐约约，从家家户户的窗户里漏出午后惬意的声响。阳光淡淡地勾勒出我的影子，云朵折射出淡淡的色彩。我眯起眼睛，匆忙地走在这优美的景色中。

意识恍惚地向繁华闹市走去。那条道路深处有一家小的高级百货商店，商店的地下一层最近开了一家茶饮店，想着去喝喝那种口味特别的红茶吧。它的味道如同花般甜美馥郁。喝了这种红茶让人心情舒畅，即便对那封信耿耿于怀也无所谓了。真是一剂神奇的处方，我一边走着一边信服地感叹道。周六的下午，街上人潮涌动，让人有些发怵。大家完全按照自己的步调随性地在拱廊中走来走去。他们中有情侣，有正在等候的女孩们，有大叔，有大妈，有老爷爷，还有老奶奶。所有的人都活力四射。睡眠不足，有些贫血，加之刚才走了那么远，此时所有的图像在我看来都像底片。电器量贩店里的叫卖声，卡拉OK店里五彩绚烂的电灯，抹茶店前放置的抹茶模型，以及卖腌渍食品的商店，真是热闹非凡。其中还有观光旅行者。大型百货商店前面正在等候约会的人们乱成一团。宽敞的橱窗里摆放着外国品牌商品。这种如亚洲乡村节日的热闹与我的性格一点也不相称。但是每个人各自的行为又让我觉得这个场景看上去如此幸福。之前从未思考过的事现在突然参悟到了：原来大家都好好地活着啊。大家都好好地活着，并且在周六接近傍晚时分的金色阳光中，悠闲自在地走进这片繁华街区。如同动物需要在原野上嬉戏一般，人不能一直待在家中，也需要到人群中漫步。

　　我作为其中的一员，也从某处而来向某处而去吧。

在前面的小十字路口，我真想自己遇上什么交通事故死掉算了。至今所发生的事情实在是太让人头痛了。我确实想遇到点什么不测。但是现在我依旧好好地过着每一天。每周五的约会就让我很期待。我的人生多无聊啊。恋爱和做爱对我来说是很重要的事，但是其实它们只不过是人生的一部分而已。不过，有与没有还是另当别论的。我由衷地希望自己能够回到两天之前的平静时光里。我该怎么办呢？下周要和往常一样和他见面，要当作什么都没发生吗？似乎这样做也行。

但是，这个闹市区洋溢的健康的热闹气氛，展露明媚脸庞的人们，伴随着欢快的乐曲，纷纷目标明确地走向远处，这一番光景压倒了我的心。

好高兴啊，真是发生了太多太多的事，我悲伤地想。上中学的时候，男友每天都要给我打来电话。在白雪纷飞的日子里，他给我看了他死去母亲的照片。他只有那一张照片，是他去医院看望母亲时拍下的。照片上显现着身为中学生的他的可爱脸庞，以及和我的脸庞颇为相似的他的母亲。在那个雪天，我就在之前那个百货商店的入口等他，之后我们去了一家现在已经不复存在的昏暗的茶饮店。喝着温热甘甜的茶水的时候，他把那张照片拿给我看。窗外是一条廊街。人群像江水一般流淌不止。他们穿着外套，拿着提包，如花朵一般。阴暗的天空预示着纷纷扬扬的大雪。

他喜欢我的理由，我很喜欢，于是那一天我和他睡了。开始下雪了，赶不上最后一列电车回去就糟糕了，我说后，他说，汽车轮胎套上链条也不会有什么事，我还是送你回去吧。

从那以后，我们一直保持着稳定的交往。这段关系什么时候结束的呢，其实之后很快就结束了。再也不能被他的手抚摸了，再也听不到他的声音了。按照那样的做爱流程达到高潮的事再也体会不到了。那样的流程曾是我们一起摸索出来的。从等待他到一起吃饭的这段时间所逛的商店，也无法再向他人描述了。今天是牛肉咖喱，明天是鸡蛋饼泡饭，后天是炸丸子。两个人尽吃些外国料理。由于我正处于发育期所以食量变大，加之宾馆费用也花了不少，于是我提议吃一些便宜的东西。他喜欢吃乌冬面，所以偶尔我们会一起去吃。之后，还会去喝两杯。有时候我自己也会做便当。是那种放有章鱼小香肠的便当，非常可爱。跟他约会的时候，其他的事我都抛之脑后。我们几乎不谈论日常生活的话题，只是好吃、难吃，然后进入人生观的讨论。我们没有吵过架，我也没见过他发怒的样子，只有这一点有些遗憾。他对我很亲切，我有时觉得他是不是把对死去的母亲无法付出的孝心转嫁到了我的身上。从远处看到他等待时疲惫难受的表情，但是一旦我跑向他的身边，他就露出一副轻松的笑脸。

回想着过去的美好时刻，不知不觉间天色已经晦暗，此时我已走到那幢大楼前。下了电梯，我就看到那家新店，黄色的灯光熠熠夺目，感觉就像童话里的世界一般，或者说像色彩过于鲜亮的 CG 动画。入口处摆放着一个水果馅饼，上面装饰着许多颜色美丽的水果，比如，南方越橘、木莓、草莓……看上去像手工艺品。坐在最里面的小凳上，我点了那个水果馅饼和具有甜美花香的茶。店里挤满顾客，在明亮的灯光下，他们色彩各异的衣服显得太过耀眼。此时，映射在我眼中的驳杂的色彩有些过于唐突。我感到香甜的水果馅饼和热茶已经浸透我的五脏六腑。是啊，我突然意识到自己几乎总是在这里什么也不吃，只是大脑一片空白地任凭时间匆匆溜走。我终于明白自己为什么觉得这个世界奇怪了，因为我饥肠辘辘。

我紧紧地闭着双眼，回味着那种感觉。

随后，我感到自己的心底蠕动着生命的力量。胃部的血液在涌动，将能量送往全身。

短短的一瞬间，我迷迷糊糊地睡着了。

在这短短一瞬间的深度睡眠中，我做了一个梦。

梦中，我和一个人待在屋子里。对方是谁我也不知道，只知道是个男的。我们两个都有些神色慌张，因为我们是初次见面。我们言之凿凿地说道，怎么样，我们下次再见面可好？可能以后再也见不到他了。时间匆匆流逝，我像幼儿园的小朋友一般跺着脚，着急得快要哭出来。地址，你的地址！我说，当我把名片递给他时，他甩开了我的手，我就像灰姑娘一般。

然后场景发生了变化，我在公司里。我正想着那个人会不会来联系我呢，就有一份摩托车快件送了过来。是那个人寄来的。打开后，发现没有信，只有一本笔记本。是那种硬皮、细长的笔记本。打开笔记本看后，觉得这是他的剪报集或日记之类的。里面根本没有他的笔迹，只是整齐地贴着看过的电影、去过的地方的卡片，以及感兴趣的新闻剪报。咦，他对墨西哥感兴趣啊，不对，里面贴有金额，说明他最近去过。除此之外，里面还有器官移植的剪报，以及从杂志上剪下来的美女写真。这样看别人的东西好吗？里面还有张女人寄来的明信片。对了，莫非他已经有老婆了，太讨厌了，我可不想做小三，这样想着，我在最后一页发现了一些潦草的笔迹。那是记录了他三天内全部要做的事，从起床到睡觉，他去过的场所，逛过的商店，见过的人，回家的时间，睡觉的时间，全部都不带感情地匆匆被记了下来。没错，他是单身，想到这里，我安下心，激动得想要哭出来。他和我见面后，立马在这本笔记本里添加了我们相见的事，然后立即寄送给我。

遇到我后，为了紧紧地抓住这段缘分不与我分离，他什么都愿意做。他将自己的全部日程公开，并等待着我联系他，我感受到了他的这份决心。他没有结婚，也没有什么事隐瞒我，这些情况并不是通过语言而是以这样的方式传达给了我。怎么才好，我太高兴了，我要联系他……那个人什么时候联系都行。

然后，我猛地睁开眼。为什么会做那样的梦呢，我自己也不清楚。只是当时的印象和感情还强烈地留存在我的体内。

不过，每个人都有属于自己的世界，穿着整洁的服务生们，敏捷地干着活还说说笑笑，我完全就是风景里的一部分。周围的人们摆出可爱的表情和动作，谈论着要点不清的可爱话题，还盈盈一笑。

我的睡意顿时全消。

我觉得在精神层面我也已经醒来。我似乎从一直以来纠缠我的噩梦中猛地醒来。

是啊，我真的受伤了吗？无法与他取得联系，家人计划好的事绝对不能让我听到，公寓的隔壁房间有贼入侵，由于太害怕，周日晚上睡不着觉，但是又不能打电话……这一切一直以来都纠缠着我。

此时，我在梦境中品味着架空的新恋情，这一点明白无误。

一种全新的、令人沉醉的新恋情飘来阵阵清香……预感像那茶一样也散发着甜美的芬芳。实际上到底怎么样呢，这些都已经无所谓了。做了那样的梦后，不知何故，我的精神愈加兴奋，我的生命力也强烈地迸射而出。新的空气、新的视点，我所需要的精华全部都已经进入那一瞬间所萌发的奇怪梦境里。

我想要展开新的恋情。和一个单身的人恋爱。

明白这一点就足够了。

我是想要展开新的恋情呢？还是在和波田先生的关系完全腐臭之前继续维持交往呢？怎么样都行。我觉得自己既可以做个令人讨厌的贱女人，也可以像雪花一样瞬间消融。

清楚了自己内心深处一直压抑的真实情绪，这比什么都重要。我一边这样想着，一边将水果馅饼上的水果送入口中。有点酸，但这是生机勃勃的东西才具有的浓郁味道。

花与暴风雨

每当听到"幸福"这个词，我的脑海中总会浮现出一幅场景。

万里碧空下，远远地眺望到我们旅行者一行五人所寄住的宾馆。房间的露台也清晰可见。蓦然回首，之前游览的神殿遗迹的巨大立柱，也邈远地屹立在高台之上。

风势强劲，灰尘漫漫，回到房间里冲了澡，等到夜晚来临，大家又走到市镇上，在一家小餐馆里喝着可口的红酒，悠闲地品尝美食，度过一段美好时光。

午后的阳光微微西斜，带着耀眼的金色。女性朋友们一边和我聊天，一边拍照片，在她们前面有一对情侣。那是我的男性朋友和他的女友。两个人一边交谈，一边悠然地走在我们前面。

这条小道上开满了鲜花。基本都是黄色的花朵，其中也夹杂着粉红色和白色的花朵。油橄榄树弯弯曲曲的树枝上，繁密地生长着干燥而美丽的绿色叶片。在阳光的沐浴下，植物们生机勃勃地向天际展示着它们本来的颜色。

在高高的花枝包围下，亲爱的友人们的身姿时而消失，又时而出现在美艳的色彩中。

莫非这里就是天堂？在洋溢着耀眼绚烂的颜色里我这样想道。

西西里岛有许多小偷，去那里要穿上你最脏的衣服，不要拿包，拿一个超市里的塑料袋就可以了，即便这样依然可能被偷哦。被这样告诫着，我畏手畏脚地登上飞往西西里岛的航班，飞机在机场降落后，我立马摘下戒指，斜挎着包。

但是，实际情况却有些不同。

与之前游玩的罗马不同，这里更加开放、温煦。

柔和的阳光从湛蓝如洗的天空倾泻而下。远处的群山在橙色阳光的照耀下，反射出一种世间难以看到的怡人色彩。道路突然变得拥挤的时候，人们就拉起警报，急匆匆地踏上回家的路。不过，这一切令人如此舒心。大地中渗透着幸福，连空气中也弥漫着甜蜜。居住在这里的人们深爱着这片土地，这片土地也深爱着这里的人们。这种特有的、巨大的幸福感深切地传达到了我的内心。

这里没有小偷，天空异常蔚蓝。即便到了夜晚，天空依然明亮，充盈着具有生命力的蓝色，如同之前我看到的许许多多被南欧所吸引的画家所描绘的图画一般。我也爱恋上了这片土地。每到傍晚，天空的颜色就会使人的内心变得轻松柔软，自然用它的光与色的表演展现着自己的壮美，每天这样奢华恣意地观赏着这一切，无论是富翁、穷人，还是老年人、年轻人，都会融入到这样的幸福中吧。这里的土地氛围适合拿着一杯葡萄酒等待美好而漫长的夜晚的到来。真想一直栖身在这幸福的彩色世界中。

塔奥敏纳①尽是些坡路，主干道上挤满了观光者。一个傍晚，约定好时间后，我们就各自火热地去购物了，最后我们一行竟然不约而同地集中在主干道角落的一家不错的商店里，店中主要出售香皂、化妆品和香水。店里充盈着各种淡雅的颜色，有粉色、蓝色、金色被花朵和水果包围的香皂以及彬彬有礼和蔼亲切的店主夫人穿的薰衣草色毛衣。

在那个主柜中，以一种悦目的方式摆着一款著名香水的全部系列，这种香水一直被装在一种设计独特的香水瓶中，从未发生过改

---

① 塔奥敏纳：山城，面临爱奥尼亚海，现在是西西里岛上一个度假胜地。最高处有一"希腊剧院"，是公元前二世纪罗马人所建。

变。实际上，我曾经在东京一家有名的百货店里，闻过这种香水的全部系列。当然，那是一家非常时尚的百货店，香水的气味也都很好闻，但是在那个场合，如果不能调动自己的五官，是无法感觉出每一种香水之间的区别的。

我的男性朋友在两种香水之间犹豫不决，不知道应该选择哪一款。

所以那里的全员，包括我、其他女性朋友、店主夫人、他的恋人，都乱糟糟地凑到他的手臂前闻，反复思量哪一款适合他。大家的时间都很充裕。在那里，时间宛如泉眼中涌出的澄澈的泉水一般，汩汩地流淌而出。

"没法决定！"

在东京是不可能说出这样的话的，但是在这里，在一种模糊而温柔的意义上，这句话从大家口中说了出来。

"那你今晚再好好想想，明天再来。"

店主夫人给出了一个不像商人应该说出的建议，之后我们离开商店去吃饭了。

第二天早上在那家店里，我们又犹豫不决了，店主夫人说：

"那么你们在周围走一圈吧，在走的过程中你们就会发现香味是会发生变化的。"于是，她再次温柔地目送我们离开。

"我就想过这样的生活。"他说。

这趟旅游的旅伴们平常的生活都很繁忙，他的话如同咕咚咕咚喝下甘甜的清水一般浸透到大家的心中。

"因为挑香水而感到困惑，之后去散步，最终决定选哪一款，满足地结束一天。我就想过这样的生活。"

痛快地在海中游到傍晚，直到筋疲力竭，最终他决定了到底选择哪一款香水。

那种香水怡人清新的香味直到现在依然鲜明地留存在我的记忆中。

在旅行前，他的母亲去世了。

之前，我曾在他家吃过他母亲亲手做的料理，但是仅那一次。他的母亲不慌不忙、一直带着微笑地做着料理，即便是她站在那里，也闪耀着洁白的光芒。

更早之前，与他初次见面的时候，是他母亲第一次因为心脏病发作倒下的那个傍晚。与他初次见面，我还不能大方顺畅地交流，渐渐熟悉起来的时候，他突然收到那样的通知。在场的人们当然都很体贴，大家心存祝福地目送他坐上飞机。那就是我们漫长友谊的序曲。

他母亲去世后，那些知道他有多么爱他母亲的人们，也无法轻率地对他说什么安慰的话语。就是那样的亲情、那样的消沉，是那么的理所当然、神圣无瑕。

谁都知道自己深爱的人终究会逝去。

在打慰问电话的时候，他表现出异乎寻常的轻松。

真正失去某些东西的人才会这样做吧。之后，在日常生活中，那种真正的孤寂时刻，才会慢慢地侵袭而来。虽然对此一清二楚，但是作为朋友，我什么也做不了，只能眼睁睁地看着。

"多哭，多吃，多睡。"我说，"然后，静静地等待时间的流去。"

"就这么做了。"

他回答道。

"多哭，多吃，多睡，还要多喷香水。"

于是我们两个人会心一笑，内心依旧悲切。

下次再遇到他是在极度寒冷的托斯卡纳地区①。

这一次的成员和上次相同，大家再次一起游意大利。

某个夜晚，一场猛烈的暴风雨陡然来袭。

深夜，噼噼啪啪的声音把我惊醒，向窗外望去，只见电光闪烁，大颗冰粒唰唰地落下，狂风呼啸而过，周围的瓦片和花盆纷纷摔在地上砸碎了。一切太让人惊诧了……我和室友手足无措。电灯打不开，雨水哗哗地流入房间，脚下已经浸入水中。

蹑手蹑脚地去那对情侣的房间瞧瞧，他们当然也已经起身。在这样的暴风骤雨中，谁都无法安眠。因为灯打不开，所以我们就点了蜡烛。不知所措的我们汇合在一个房间里。该怎么办呢，看来明天是不能出去了，要是水漫进屋子里就糟糕了，哎呀供暖停止了好冷啊，要不然我点燃怀炉，但是那让人感到焦躁……大家七嘴八舌地说着，回过神来时，发现他走到屋子正中央，一个人扑通坐在较

_____

① 托斯卡纳地区：意大利一个大区，西濒第勒尼安海，经常被评价为意大利最美丽的部分。其首府为佛罗伦萨，以美丽的风景和丰富的艺术遗产著称。

高的地方。

在雷电和蜡烛光的淡淡映照下，我第一次产生了一种错觉：那里似乎坐着一个小男孩。

再仔细看一看，不过是一个手足无措的大男人而已，他被一群他爱的人们包围着，这些人被暴风雨吵醒，依然带着惺忪睡意。

那时，我第一次深切地领悟到：这个孩子，他的母亲已经不在了。

不知为何，这种想法从我的内心深处冒了出来。我有些想哭，但是觉得这样不好。于是，我用正常的语调和他搭话。他露出了笑容，之后在深夜里，我们用细小的声音再次交谈着明快的话题。狂风暴雨包围着我们，但是我们的心情却变得愈发明媚。睡觉吧，现在也只能睡觉，大家笑了笑。

明天的事明天再说吧，大家异口同声地说道。

老爸的味道

高桥小姐从走廊的另一头走了过来，她穿着红色的羊毛开衫。于是，我毫无征兆地自卑起来，还伴随着不安，感觉就像伸出手脚的顺序发生了错误一般。而且，我觉得自己的刘海凝滞在前额非常难看。虽然晚辈们都说很好看，但我的心情还是难以变好。我的脸不由得发青。

高桥小姐和某个我不认识的人一起走着。随后，我们擦肩而过。最让我惊讶的是，她竟然没有看到我。她们似乎沉浸在某个话题中。那些话也传到了我的耳中，"你什么时候开始系孕妇腰带①的？"我的眼前陡然变暗，我走到自己的办公桌前，猛地将手中的资料狠摔在桌上。之后我来到营业部的办公室，找到清水。这到底是怎么回事？我问他。为什么会变成这样？我哭喊着。不过很奇怪，他表现得极其冷淡，对于我的眼泪完全不动心。"对不起，不过我也没办法，我很早就和她开始了。"他皱起眉头，总想避开这个话题。明明是在公司，他却开诚布公地给我做了解释。"她说喜欢我，我也没办法拒绝，我也不能限制自己只喜欢哪个女人吧。"
他的眼神极其冷漠，我狠狠地拍打桌子，手上都出现了斑痕了，但
我并不想就此停止。我觉得他现在有高桥小姐了，所以可以很冷
静。其实我早就知道这些事了。我只是没有把漠不关心地喜欢上某
人与不要让那人受伤的情绪联系起来而已。我是怎么留意到的呢？
对了，是在我由于盲肠生病而住进医院，一边嚅动嘴嚼着东西一边
走进病房的时候。"我好像怀孕了。"她一边这样说着一边还斜眼看
着电视里《闹市区》② 节目。我的朋友被她男友的朋友强奸后，还
说了句："那家伙应该是在我体内射了吧。"现在高桥小姐腹中怀着
他的孩子，所以他肯定觉得什么都无所谓。但是我很伤心，我望着
窗外这样想着。我非常喜欢他，总之我心如刀绞……中午还有十二
通电话不得不打，太痛苦了……眼泪无法抑制地流了下来。

　　听到呜呜的声音后，我睁开双眼。

　　原来是一场可怕的梦……我这样想着叹了一口气。

　　可是，这是哪里呢？我沉思着。我躺在被褥里，天花板上映照

---

　① 孕妇腰带：孕妇从怀孕第 5 个月起在腹部所围的漂白棉腰带。
　② 《闹市区》：日本电视台从 1993 年开播的谈话类节目。

着明净的青光。那是窗户的形状。一切静寂无声……窗外的树木摇曳着。粗壮的树干上枝叶繁密。此时我清醒地认识到，是啊，我已经来到父亲山中的小屋。眼泪从眼中扑簌簌流下，由于恐惧，身体变得僵硬。我根本就没什么勇气。仅仅因为胃病，就无声无息地辞掉了工作，再也不会在那棵银杏树下吃便当了。真是太奇怪了，比起那些人、那些让人沉浸其中的工作，我更加怀念那棵银杏树。

每次窗外的树木摇曳的时候，天花板上的光影也会随之剧烈摇晃。空气变得愈加凛冽了。在广阔的黑暗中，我紧紧抱住恐惧。将我吸入其中的幽暗，像一只活泼的猫咪在房间的各个角落呼吸着。

父亲一直在这个地方过着独身的生活，我第一次这么认真地想到。刚才做的梦比这山中的阒寂更加可怕。梦中的都市生活虚无缥缈，经常让我背负着罪恶感，它让我想到，如果不再努把力的话，那就糟了。

在这里的时候，我想明白了许多在那个平静的家中想不明白的事。诸如，世界如此之广袤，夜晚具有着让自己永久持续下去的力量，晚上存在着与白天迥然不同的生物之类的事。小时候我经常思索一些事，比如，星星到底离我们有多远。最近在加班后从车站回家的路上，周围的天空理所当然似的泛出薄薄的亮光，我尽义务般确认着能够看到的一等星①。每夜都会改变形状的月亮像被画在布景上一般。来到这里后，这些事——迫近我的心灵。

据说退休之后能够住进山中小屋是父亲最大的梦想，但是我觉得我的父亲不是这种眷恋幽静的人。

我想父亲在退休之后买下这个圆木屋，仅仅是周末来住住，结果却发现他有女朋友了，最终他和母亲分了居。

在我家，关于父亲的话题是一个禁忌。最初母亲还怒气冲冲地说要不要离婚，她非常厌恶犹豫不定的父亲，最终她觉得怎么样都行，情绪也就平复下来。之后，日子就这么一点一点地过着。有一回弟弟曾去看了看情况，说根本就没有看到女人的影子。有消息说父亲跟她分手了。听到这些情况后，父亲偶尔回到家，母亲会给他拿出换季的衣服，还给他做他爱吃的，对他非常体贴。虽然两个人没什么交谈，但是那种曾经熟悉的氛围又一点一点地复苏了。本来

---

① 一等星：将肉眼可见的星按其明亮度分成的6个等级中，看上去最亮的星。

我想他们年老之后应该有希望复合，但是没过多久，我又出了那样的事，于是我辞掉工作，第一次来到父亲曾经生活过的山中小屋里。

辞掉工作后，我就变得有些异样了。首先，我总是睡不醒。我也不想这样，但是当我醒来的时候已经到傍晚，所以我索性又步入梦乡了。结果我只在肚子饥饿的时候才会走出房间，体形也变得越发臃肿。母亲跟我说话的时候，我本应该好好应答她，但是她却说我心不在焉。她对我说，你赶快给我离开家，我却说，出去住要花费存款我才不要，我还是住在家里。母亲由于过分担心我，慢慢得了精神衰弱症，当我想着有什么地方可以去的时候，我想到了父亲的小屋。如果每天让母亲看到我，说不定她的精神会变得更加怪异。与往日不同，母亲在电话里和父亲聊了很长时间，她说暂时把我托付在那里。她狡猾地对我说："你亲眼看看那里有没有女人的影子，不管怎么糊弄，女孩子的观察力还是非常敏锐的，比男孩子要值得信赖。我根据你看到的东西再考虑考虑，拜托了。"可是，当时我哪有这个心思。我根本就不在乎父亲身边的是女人、男人还是熊。我连维持好我自己的生活都已经筋疲力竭。

父亲来到电车车站接我，过去他都开着皇冠、奔驰之类的轿车，这次却开着吉普车，与他的风格一点都不相称，我不禁咯咯地笑出了声。心灰意冷无法吃下车站便当的我变得有些精神恍惚的瞬间，瞟见瘦削的父亲从大吉普车上摇摇晃晃地走了下来。那个时候，在某种意义上说，我觉得自己的大脑彻彻底底地发生了改变。

车内干净得快让人生厌，就像父亲的房间一样。

他的房间总是被整理得干净整洁，让人难以进去玩耍。

多日不见的父亲，像跟小孩子搭话一般对我说："工作，你已经辞掉了啊？"

"嗯。"

"那你暂时待在这里也好。如果你想一个人静静，我回家去住也行。"

"呃……"

在弯弯曲曲的山道上，我凝望着车窗外的全新风景：户外的树林、树枝的颜色、泥土的色彩。

"爸，我去你那儿没关系吧。你好像跟其他女人生活在一起。"

"当时确实因为这个原因离开了家。不过，那个女人已经不在了。"父亲说，"在这里生活后多少有些感悟，反正习惯就好。"

"这样啊。"我说。那个女人已经不在了，父亲为什么还不回家？这对母亲而言究竟是好事还是坏事呢？母亲什么时候才能忘记那个女人，还是说她要一直背负那个沉重的感情包袱呢？他们如同其他家庭的夫妇一样完全让我弄不清楚，另外，明明在一起生活了很长时间，但是父亲跟我说话时，还是像跟小孩子说话一样。

车座上突然出现了一只毛毛虫，我吓得大喊大叫起来。

"你个小丫头片子，之前不是满不在乎地用手抓起过毛毛虫嘛。"

父亲惊诧地说道。他暂且停下车，用餐巾纸将毛毛虫抓了出去。

"我对自己的改变也感到惊讶啊。"

不知从何时开始，我对毛毛虫的恐惧度从零逐步上升了。对此我大吃一惊。从最后一次摸毛毛虫开始，毛毛虫给予我的信息并没有什么改变，只是我长时间没看到它而已，竟然会如此害怕……这样下去，我的感受力将会被磨损到什么程度呢？那时，我抬起头仰望着天空，不可思议地这样想着。小时候，我会把毛毛虫抓进瓶子里，之后再把它们放掉。我会一直蹲在地上，注视着草丛中飞来飞去的、比草还要绿的蝗虫。有时啪地捕捉到停在围墙上的蝴蝶，然后定定地望着它久久不愿松手。我几乎不会杀死它们。仅仅是抚摸着、凝视着。飞蛾的卵在玻璃瓶中闪闪发亮，我看到了其中有生命正在跃动。世界倏地变得广阔，让人有些无所适从。为什么现在的我再也没有那样的感受了呢？天空依然是之前的天空，地面依然是土黄色。那里曾存在的无数宛如旋涡状蝶羽的深邃业已消逝。

“老爸，要是大家都生活在这里就好了，也包括老妈，大家一起耕地，一起捉虫，一起勤奋劳作，晚上大口吃饭，然后在漆黑一片中，大家并排躺着呼呼大睡。”我说。

这是一幅催人泪下却又不可实现、遥远不可及的场景。为什么？为什么不能实现呢？到底哪里出现了问题呢？就像我失去了对毛毛虫的触感一般，我们家也在慢慢地失去着某种东西吧。

父亲沉默不语。吉普车的剧烈摇晃，也让我的大脑受到摇晃，瞬间变得茫然一片。眼睛里只有绿色、绿色、绿色。

那些还没有实现就已经逝去的场景，宛如夜晚山道中的灯光一般铭刻在我心中。在电灯柔和的灯光下，一家人围坐在山中小屋里的桌子旁。关掉电视，只听到树丛摇晃的声音。半夜天色愈发幽暗。弟弟的呼吸声、父亲的鼾声、母亲的鬓发，一家人在黑暗中紧紧地依偎在一起。

我确信自己已经开始和父亲一起生活。家就是一个男女职责分配明确并拼死努力才能顺利运转的地方。

最开始由于经常从噩梦中惊醒无法再入眠而闷闷不乐的我，在这里有许多事可以干，运动身体的过程中，时间就优雅而悄无声息地流去了。在这里，我干了许多日常生活中的杂事，自己也从中体验到了快乐。这都是能够看到的回报。

早上起来，如果不想吃父亲由于手艺不精而烤出的难吃的吐司面包，我就自己烤。这样的话，我就得早起。如果没有下雨，我会走路去两公里外的面包店买刚烤好的面包。山中小道没有铺设那种毫无情趣的地砖，山中的植物肆意地向小道生长着，繁密的枝叶快要被我吸进肺中了。它们浓郁的颜色让我折服。走累的时候，我也不会转头看周围，不管别人怎么看我，不管刘海漂不漂亮，我一点都不在乎。即便有人看到了筋疲力竭的我而感到我不可爱，我也完全不介意。大概，也不会有这样的人出现。买面包的时候周围只有面包。这可真是一场效果显著的康复之旅啊。想想那时候，就是因为自己体力过剩，所以才有闲工夫去胡思乱想吧。

回到小木屋后，自己煎了蛋，放上面包，然后看着父亲和新闻访谈节目就大快朵颐起来，还喝了一大杯咖啡，打扫了卫生。

父亲有时会砍砍柴。

很久没见父亲这样运动身体了。

傍晚去超市买食材是我唯一的期待。看见许许多多被人类文明世界的灯光所照射的食物整齐地摆放在那里，我高兴得快要跳起来了。思考要做什么吃成了我每天的生活主题。在超市中的书店买了很多书，本来想晚上读，但是由于夜晚太过幽暗，我只能目不转睛地盯着黑暗和星星，不经意间悄然入睡。

"你这个小丫头片子……精力也太旺盛了。"

父亲偶尔会吃惊地说。

其实，我也知道，母亲管理下的家干净整洁、令人心情愉快，而这样混沌的父亲，对于他的臭烘烘的袜子、残留有少许粪便的内裤、长长的鼻毛和粘满泥泞的鞋子，我并不是说要淡然处之，只是觉得这些正是精神饱满地面对生活的力量源泉之一。我知道，家中有个过时的老男人。我也知道，一个与之相对的过时的女人现在正分居住在其他地方。我更加知道，这两个人生下了一个婴儿，这个婴儿已经生长为成熟的女性，而她也终究会落后于时代。

为什么我就这么软弱呢？

自然风光并非仅仅是壮丽秀美的。我观看电视剧，从铺设有地砖的道路上走过，在超市里买到新出的零食。我非常清楚这不过是虚假的乡野生活而已。我失去的到底是什么呢？不是父亲，是生活本身吗？现在，每当我想起那时的事情，脑中就会浮现出一群宇宙人，他们飘浮着脑袋。没有身体，只有脑袋思前想后，在水样的东西里，像水母一样恍恍惚惚地游来游去。没有性别，没有欲望，与设想的一样不能运动。

就是这样的感觉。

"你最近好吗？

"早苗酱离开后，公司变得好冷清。课长又对新的兼职小女生下手了，他老婆天天打来电话，大家都有些焦躁不安。早苗酱的事之前在公司传过一段时间的八卦。大家都很惊讶你居然辞职了，给我们留下了深深受伤的女人的印象。高桥小姐好像也挺难受的，不过这也是她自作自受。她的肚子越来越大，但她和清水先生的关系好像恶化了。啊啊，总之一切都很无聊。好想再和早苗酱在午餐的时候一起吃披萨，分喝同一杯啤酒啊。不过好好想想，你在公司的时候竟然那么忙，但是你离开后，公司却没有垮，也太不可思议了。我还是老样子。照常和男友约会。我们几乎周末都住在一起。之后会怎么样呢？还有，最近家附近出现了一家小酒馆，我就一个人大胆地进去瞧了瞧，感觉很赞，似乎能交到不少朋友。所以下班后我都会去坐坐。你和你老爸的生活怎么样？你那疲惫的心肯定被大自然治愈了吧。你呢，还是尽情地运动身体，尽情地呼吸新鲜的空气，尽情地康复身心吧。拜了。"

呃呃，总觉得哪里不对。她说的我也都懂，脉络也大致清晰，但我就是觉得有什么东西完全错误了。

收到这封信时，我那样想道。当我在公司的时候，我真的和这个人的关系最好吗？不，就像上学的时候，硬要说关系好也行。她是个好人，不过我觉得她离我越来越渺远。或许我们再也不会见面了吧。高桥小姐好像和他相处得不好，但对我而言，这都无所谓了。我怎么会和那样的男人交往呢？等待他，和他牵着手，关系还没那么亲密就和他睡了。心里一点都没感到温暖，却装出一副紧紧抓住这段温柔情感的样子，还盈盈地笑着。或许是我太闲了吧。肯定是这样的。虽然现在我的时间非常宽裕，但很明显，那些忙碌的日日夜夜，我更加闲散。我的内心也同样是这样的。

　　收到公司里的好友寄来的信，正如同久旱逢甘霖。读完之后，总觉得残留着一些余韵。那一天我没有外出，只是眺望着窗外的雨滴。这不是失恋的余韵，是自己头脑恍恍惚惚地过着每一天所带来的沉重感。这种心情就像那些暂时加入新兴宗教并沉迷其中，之后又放弃它时产生的感觉。如果是真心喜爱过某人，而之后被他甩了那就好了。如果真是工作繁忙，真是喜爱工作，那就好了。可是，我觉得那根本就不是繁忙，仅仅是慌张而已。我对自己感到羞愧。为什么我要去爱一个我根本就不喜欢的人呢？难道就没有其他事可做吗？为什么我就看不清楚他作为人、作为男人连判断有趣无趣的能力都没有呢？如果那真是爱情的力量就好了。但是我知道根本就不是那样的。我失去了自信，连活着都感到一种罪恶感。如果有人对我求爱，说喜欢我，那我一定会好好珍惜他的。如果真的喜欢，即便痛哭流涕，即便发狂发癫，也会像细雨打林木般光泽艳艳。

我定定地凝视着被淋得湿漉漉的树木。就像我们人类呼吸一般，树叶看上去也喜爱湿漉漉的感觉。色泽光亮的表面上，流淌着透明的水滴。这是一种官能性的景致。我无所事事地专心盯着渐渐逝去的雨天。湿润的泥土散发着气味，绿色植物散发着芬芳。我觉得自己也有气味，正在向四周发散。与眺望森林里树木的视线一样，我也抬起头仰望着雨空。窗户玻璃上透明的水柱汩汩地流淌着，向窗外望去，浸润着雨水的森林景色宛如电影中的场景一般。

在屋内变得昏暗之前，我什么都没有想，只是盯着窗外。

白茫茫的天空徐徐变得沉寂，感觉雨落的声音更加喧嚣。

不久，在我迷迷糊糊的时候，从厨房那个方向飘来食用油的气味，我猛地睁开双眼。真是令人怀念的气味啊……我淡淡地思索着。外面一片漆黑。今天傍晚鸟儿们没有啼鸣。我走进厨房，看到他瘦削的后背，此时他正在煎鸡蛋。

"哇，老爸的菜肉蛋卷太让人怀念了！"

我很小的时候吃的那种菜肉蛋卷里加了洋葱非常好吃，而且黄油味浓郁，只要吃一个，一天都会感到胃有些微微的灼烧感，非常美味。菜肉蛋卷在家里很有人气。父亲所做的事里面最有人气的估计也就是菜肉蛋卷了。我姑且准备好啤酒，将炒好的蘑菇拌在昨天的米饭中做好晚餐。父亲烧好了一大块菜肉蛋卷。

"做这个的诀窍就是事先要把材料和在黄油里。"父亲说。

"不是摊在煎锅里吗？"我问道。

"不，不用摊在煎锅里。"父亲说。

"这个我真没想到。怪不得会那么粘锅了。所以，你做的那么好吃。"

"那当然。"父亲颇为自豪地说。

暂住小屋的这个夜晚，围坐在质朴的餐桌旁，我再次品尝到老爸的味道。我的未来人生中欠缺的那类积极向前的东西，恰在此时浮现了出来。父亲愿意待在这里的理由，他明明被家人深爱着却不愿意回家的理由，此时我渐渐明白了。因为积极向前、正确无误又易于理解的东西根本就不存在。

吃到久违的菜肉蛋卷，这种令人怀念不已的味道，让我重新感受到生活是有意义的。我喝了太多的啤酒，所以在看电视的过程中就睡着了。生活中确实隐藏着各种各样的意义，像星星一般数都数不清的美好瞬间填满了我的灵魂，去领悟生活的意义，将困顿与狼狈挥扬而去吧，我这样想道。

寂静之声

　　为什么在许多场合下，身边亲近的人仅仅根据微弱的苗头，就能隐约觉察出很多本应该隐匿的东西呢？这种情况他们也不是特意要让我知道，但我就是认识到了。

　　在我的人生中，这种疑问曾反复多次侵扰过我。

　　这种感觉就如同在停电的家中，不畏惧走廊的黑暗，而径直向电闸走去一般。另外，又有些像用尺子将掉在桌子后的明信片扒拉过来一般。我清楚，手能碰触到的东西，自己理所当然会采取行动，但是对于那些近似于眼睛看不到的东西，自己只能焦躁不安。

　　在学校生活中，恋爱流言四起，即便瞒着其他女孩，大家也都互相明白对方喜欢着谁；有的男孩喜欢上了自己朋友的女友，并选择将这件事隐瞒起来；有些男女教师虽然还没有交往，却相互吸引着。看到这些场景，我总会那样想。

　　另外，和我关系非常好的朋友的父母关系已经跌入冰点，朋友虽然没有说出口，但是当她因为这件事感到痛苦的时候，我就会产生那样的感觉。

眼睛的转动，手摆放的地方，服装的变化。稍稍给予帮助的时候，让人感到惊诧的时候……总会有东西浮出表面。即便没有什么契机，早晚也会了解到，然后尽人皆知。即便没有上升到意识的表层，也会在某个深邃的地方让人感知到。

大家内心深处都明白，无论是去隐藏还是被隐藏，早晚都会被发觉。区别仅仅是有没有说出口而已。如果已经划出清晰的界线，那么随着时间滞重的增加，巨大的裂纹就会显露出来。如果没有说出口，那么即便不去背负无法挽回的内心之痛也是可以的。根据登场人物的性格不同，可能产生的好坏也迥然相异。总之，人的身体和心灵要比我们自己想象的更加能收取发送信息，这一点是准确无误的。我觉得这种神秘的色彩有时自己会显现出来，这让我感到害怕，偶尔又让我感到慰藉，内心为之一颤。

高中毕业旅行，我和朋友决定去关岛考潜水资格证，在更新护照时，我第一次自己取来户口本，看到它时我不禁想：果然如此。

我是个养女。

当我说要去取护照的时候，母亲露出一副该来的事还是来了的表情，不过在下一个瞬间，她却装作什么都没发生似的，拿出了保险证和印章。我不知道她是觉得我已经是大人了所以要我自己去考虑，还是想继续无视这件事。我唯一知道的是，母亲陷入犹豫之中。她的犹豫不决，我是看得出来的，之前我们已经错过了太多将事情挑明的机会。

如今我的父母年龄已经很大，父亲退休后他们两个人每天早上都会去散步，绝不偷懒。无论多么严寒的冬季早晨，他们都会并排慢慢地走走。他们穿着统一的装备，再披着黑色旧大衣，在被晨光照射的柏油路上牵着手，默默地走。酷暑的时候，父亲小跑着，而母亲穿着麻质的衬衫，这一对缺乏平衡的组合看上去如此可爱。

睡懒觉的我从房间的窗户里俯视离开家外出散步的他们，不禁陷入沉思。

那样的老爷爷老奶奶，就是我的父母啊，认真想起来这可真是匪夷所思啊。

一直以来，只要我想到这些事，我的脑海里就会自动浮现出两个画面。

一个是，只要家里发生不愉快的事，父亲就会说一句话。母亲歇斯底里地大声诉苦，我哭泣着，姐姐沉默不语……让这一场老套的闹剧结束的是父亲的那句话。

"拜托了，我不想再回忆起那时的事。"

年幼的我并不理解这句话的意思。他那样说后，母亲和姐姐突然默不作声，不愉快的势头也渐渐低落下来。

还有一个是，某个初秋家人旅行中的一个场景。

在我的人生中，有许多时刻会让我反反复复、反反复复地回忆起这些事。它们让我想到了光与影移动的样子，由于阳光太耀眼，我眯起了眼睛，而一切都溶解在那水面的波光粼粼中。

我有一个比我大十五岁的姐姐。

姐姐长着一张七十年代感觉的脸庞，算是个美女，她很喜欢玩，也很受男性的欢迎。她总喜欢出去玩，不怎么和家里人待在一起，不过她对我很亲切，会带我去很多地方玩，还给我买许多东西。她对我的照顾有时显得多余，她很喜欢说她朋友的事，还经常和我一起熬夜补暑假作业。

姐姐的眼眸和动作里隐含着和她年龄并不相符的震慑力，看到这些总会让人觉得看到了某种逼得人走投无路的东西。

那一年，父亲刚跳槽到一家新公司。因为暑假不长，所以一到秋天我们就立马去泡温泉了。我们住在父亲朋友经营的一家旅馆里。那是家颇有古风的漂亮旅馆，房间里带有小的露天浴池，我们在那里住了两三个晚上。我想那时候我应该是十岁左右。

儿时的回忆里，不知为何，总是点缀着鲜丽的色彩。

穿着华丽服饰的母亲的妆容、父亲半袖衬衫的颜色、榻榻米的颜色，这些比亲眼看到还要更加清晰。

"晚饭后，我们出去喝酒吧。待在这里太无聊了。我可知道这条路的前面有一家乡野酒馆哦。"姐姐说。

她正躺着涂指甲油。

"我说你别再涂红色的指甲油了，不觉得无聊吗？"母亲说，"和你走在一起都让人觉得不好意思。"

"那你说上面涂些什么呢？"

即便这样，她还是涂着红色的指甲油外出，这一点大家都知道。

"我可不去，吃了晚饭后肚子太饱了。"

父亲一边读着报纸，一边这样说道。

"那就三个女人一起去。"母亲说。

"你也要去哦，快别睡了。"

姐姐轻轻地碰碰我的脚掌。然后翘翘鼻子，像发暗号一般呵呵地笑了笑。我最喜欢姐姐的这个表情了。

在旅馆的庭院里，依然郁郁葱葱的树木，向秋意渐浓、颜色浅淡的天空旺盛地伸出枝干。屋子的外面有一个水池，偶尔会有大鲤鱼跃水而出。天阴的时候，坐在完全陌生的屋子里，眺望着庭院里的景色，随意聊聊天就觉得很幸福了。一种说法叫"亲密无间的好朋友"，我想我们家人之间也是亲密无间的。父母总像普通男女朋友似的。看上去很年轻的母亲和总是比年龄显得要成熟的姐姐就像姐妹一样，共同商量着许多事。我基本上就是个小屁孩，当她们两个人出去的时候，如果能带上我，我就会非常开心，于是我总是身处于大人的世界里。

那里的温泉池大致都是依照岩石温泉的形状砌成的，所以看上去就像玩具一样。温泉中热气氤氲，温泉与庭院的边界处立着略显粗糙的栅栏。走进去，就能清楚地听到房间里的电视发出的声音。

浴池很小，如果两个人要泡进去的话，一个人的身子可以泡进去，而另一个人只能把脚泡进去了。父亲说他讨厌这样的小池子，所以去其他的大池子泡澡了，母亲不怎么经常泡澡，所以这里基本上被姐姐包场了。

姐姐将买来的冰块放在小桶里冷却日本清酒，然后一点一点地小口喝。我将买来的瓶装橘子汁冷却在其中，模仿着她的样子一点一点地小口喝。这一天风力强劲，偶尔从白云的缝隙里透出耀眼的阳光。当快要到傍晚的时候，我和姐姐一边欣赏着阳光的色彩慢慢变化的过程，一边默默地走进温泉池。

向温泉池栅栏的那边望去，可以看到远处有一座形如橡子的山，山上树木郁郁葱葱。虽然山的轮廓隐约可见，但是不知为何，在金色夕阳的照射下，绿色的树木竟然反射出壮美的光辉。云朵在空际迅速飘移着，宛如棉花糖一般慢慢地被浸染成粉色。

这种细微的变化，即便怎么屏气凝视也难以捕捉。鲜亮色彩的连续变化只能目睹一次。

身体稍微有点凉了就泡进温暖的浴池里，待到身体变暖和了又爬出浴池喝果汁。

姐姐已经完全喝醉,她一边心情舒畅地咬着沙丁鱼干,一边喝着酒。她将胳膊搭在岩石上,身体向后仰,哼着歌。

　　对了,姐姐心情好的时候,不知道为什么,她总会哼唱西蒙和加芬克尔①的名曲《寂静之声》。不过让人感到不快的是,她经常会改歌词。她合着节拍唱:"爷爷的兜裆布,爷爷的兜裆布,那是爷爷的兜裆布。"过去在学校里,她都是有意改变歌词。但是,这一次她泡在温泉里,无意识地唱出了那样的歌词。她的样子看上去就像一个喝醉的大叔。她颀长的脚泡在温泉里看上去有些扭曲变形。从温泉水里露出的一半阴毛宛如裙带菜一般油油地摇曳着。她的乳沟间已经流下汗水。

　　我定定地盯着她,啊,她手指甲的形状跟我的一样,我们果然是姊妹啊,我心想。

　　我们的脚指甲、发型、鼻形都非常相似。我想等我长大后,自己也会变成这样一个姑娘吧。

　　哗啦一声,进入温泉后,我说:"我就要泡好了。"

---

　　①　西蒙和加芬克尔:一支美国男子双重唱组合,跻身于60年代最受欢迎的歌手之列。1965年,凭借着一曲《寂静之声》迅速走红。

"嗯，姐姐我还要再喝几口。"

"姐姐？"

"嗯？"

她为什么要故意用那样的语气回复我，直到现在我都没有弄清楚。

姐姐的眼睛瞪得圆圆的，仅仅一瞬间她的长睫毛垂了下来。姐姐叫了一声"好热"后，敏捷地从小桶里取出酒瓶，并将酒倒在杯子里。之后，她咕咚一饮而尽，就将整个身子泡在温泉里。我大吃一惊，此时，她一边喊着"哇，好爽"，一边像海怪一般从温泉中跳了出来。

之后，又是一瞬间的沉默。

我不禁再次仰望天空。目光仅仅是远离了片刻时间，天空的姿容已经截然不同。粉红色陡增，老鹰也被浸染上红色。刚才还是郁郁葱葱的青山，此时看上去却是层层红叶满林梢。

姐姐任由温泉水从发丝滴滴答答地落下，继续小声唱着"爷爷的兜裆布"。这确实是个高明的敷衍方法。

一切都恢复原样，但是在那仿佛永恒存在的静默中……时间被扭曲、拉长，在那样的回复中，刹那间我被遗弃在全新的现实世界中。天际时刻改变着色彩，平凡的姊妹俩像动物一样身体与身体厮磨着，就在这每日产生的温煦亲情中，我如同凝望着清澈的湖水一般，在姐姐的双眸中寻觅到一种真实。

"我不想再回忆起那时的事。"父亲说这句话时的表情，不知为何突然闪现在我的脑海中。

我那还是儿童的细小的手脚以及平坦的胸部依然浸泡在温泉里，但是我的头脑却比大人更加冷静更加狡黠地得出这样的结论：就当什么都没看见吧。

我再次望望天空，一切都开始变得昏暗。粉红色渐渐被浅蓝色代替。

"快看，那座山上的粉红色，那肯定就是所谓的'爱'的颜色吧。"

醉醺醺的姐姐似乎把刚才那个瞬间忘得一干二净，不知何时她又变得兴致高昂起来。她一边说着那些莫名其妙的话，一边笑呵呵地指着远方。

"真是太美了。"我眺望着那边说道。

山顶处宛如火焰和游丝一般轻轻地摇曳着。太阳投射出最后一缕光辉。

　　我上中学的时候，姐姐怀上了和她交往的美国人的孩子，于是她离开了家。

　　"在国外生活是非常辛苦的。"母亲曾劝她打胎，"那个人应该还没有和他前妻离婚吧。如果对方要求法律裁决，他会被连根拔起一个子儿都不剩的，肯定的。"

　　其实我们都清楚，母亲是因为姐姐离开后会感到寂寞，所以才这么说的。

　　但是，自由洒脱的姐姐已经不可能再被禁锢于这个如同小盒子的家中的……

　　我也好寂寞啊，这样想着，虽然感到惊愕，只能强忍着听母亲那样说。

　　我凝视着自己内心的纹理，它就像大理石的花纹一样来回交织着，纷繁错乱。一想起姐姐，我就会感到孤寂。不过，如果不是这样的话，我的体内就会涌起一颗乌黑的嫉妒之心：之后出生的孩子、姐姐的新生活、崭新的家庭、将我抛在一边离开家、放弃见证我的成长……一瞬间我的内心激起一种无比幽暗的憎恶。但是，只要想到她是我姐姐，我的那种憎恶就像火炉上的雪花一般融化得无影无踪。好孤独啊，姐姐要走了吗……只有这种心绪宛如明澈的溪水般残留着。我的内心如同转盘上迥然相异的两种颜色似的，骨碌骨碌地旋转着，让人觉得十分有趣。

全家吃完晚餐后，一边吃着蛋糕、水果，一边聊着那个话题。父亲装作一副没听见的样子盯着电视机，偶尔会嘟囔一句"爱怎么样就怎么样吧"之类的话。

对于姐姐的离去，大家都很不舍。但是她腹中怀了孩子的事实，却又改变了一切。

大家一时语塞，当母亲用稍微调侃的语气开始说话时，父亲又久违地老生常谈道："我年龄已经大了，你们就不要再让我想起那时候的事了吧。"

啊，他的台词已经版本升级了，升到了老爷爷的版本。

我在心中这样默默地想着。这时，姐姐开口说："所以，我呢，不可能再像那个时候可以喜欢上某人，我也不会再让父母给我善后，这就像撒谎一般令人厌恶。我不想再提那件事，我一直觉得那就是个错误。不过现在我也不后悔，我依然快乐地生活着，这很好，我讨厌再提那件事。之前我确实做了令人忧虑的事，你们担心我也理解，如果再这么没完没了，我的大脑就要变得稀奇古怪的了。"

母亲沉默不语。父亲毫无意义地"嗯"一声后点点头。姐姐的眼睛里熠熠闪光，不过在说了这些后，她立马露出一副温和的表情看着我。

"欢迎你来玩啊，你也可以来留学。"

她嫣然一笑，鼻子上泛起皱纹，我就喜欢她这个表情。

姐姐、母亲，无论称谓如何，我们的关系都不会发生改变。这是我心底能想到的为数不多的事情之一。是爷爷、奶奶，还是父亲、母亲，这并不是什么问题。我们是一家人。这种想法是最轻松的。我们能感受到愉悦，也能感受到亲情的延展。一种恍若燃烧着的纤细光芒，闪耀着如同那时天空的粉红色，将这个做出那样决断的家庭包裹起来，让我们觉得它宛如日冕一般时时刻刻都生机勃勃地存活着、蠕动着。

由于她丈夫工作的原因，姐姐现在居住在加拿大。那时她肚子里的小男孩也已经出生。每一年我和母亲会去她那里玩一次，她有时也会带孩子回来。我和那个孩子很快就亲近起来，虽然照顾他很费事，却很开心。那个孩子会发出萌萌的声音叫我的名字。

我对自己做出的决断一点都不后悔。

春意尚浅的午后，在混杂着些许春花甘美馥郁的凛冽寒风中，最终母亲没有给出任何解释，于是我就一个人去拿护照了。

副都心新宿的高楼屹立在万里晴空之下。

我抬头望望碧空，回忆起那日的山峦、那抹悠长的沉寂。

回忆起如同深深地潜到水底一般蓦地从温泉水中跃起来，然后若无其事地唱着歌的姐姐，以及她那湿漉漉的头发所反射出的熠熠光泽。

买了小菜的食材回家后，我开始做今天的晚餐，给父亲做他喜欢吃的烩饭。然后，拌油菜花，煮蚬酱汤……一边做着，一边像念咒语一般唠叨着日常琐事，暂时让内心感到彷徨的我再次回归到自己的人生中。

适可而止

"哎，那边座位上的客人一直把他的存折摊开放着。"

去取订餐单的女孩回来后悄悄地这样说道。

"唉，这样啊！"我回答道。

在这个店里无论发生什么事我都不会感到诧异。

托经营料理店的父亲的关系，我在这家隶属于某大型企业的会员制咖啡厅里上班。

店内宽敞大气，却略显昏暗，据说是由某个著名的年轻建筑师设计的，还请某个有名的女室内设计师设计了内部装潢，虽是一个完美无缺的日式空间，却流露出时尚华贵的气韵。日常用品和器皿都是古董，虽然不是那种历史悠久、价值连城的文物，但是毫无矫揉做作之姿，给人一种典雅高贵的感觉。客人还是以年龄较大、话语偏多者为主。无论是咖啡还是茶都是用上等的材料泡制而成，这一点是我最喜欢的地方。

会有各种各样的客人来到这里：商谈的、在公共场合不能会面的、出轨的情侣、富二代、带着尿臭味的小孩、步履蹒跚的老人、读书的人、每天清晨散步后必定要饮茶的老夫妇，总之就是各色人等。

这里不卖酒，食物也只有三明治和日式点心之类的。不过与售卖酒水的夜店一样，这里也会发生各种事情，从不欠缺花边话题。但是这里严禁将店内发生过的事传播到外界，于是我们这些在黑色迷你裙上套着白色围裙的女服务员们，就悄悄地私下交流各种八卦新闻，以此消解内心的欲求不满。

"那个呀，真是厉害，后面跟了一串儿零，真想给你瞧瞧。"那个女孩说，"等一会儿你把茶端过去，就能看到了。非常有意思。"

"嗯，等一会儿我过去看看。我倒是想瞧瞧这样做的究竟是怎样一个人。"我回答道。

泡好客人点的煎茶后，我将温热的茶杯放在小漆盘里，然后向远处的座位走去。

"让您久等了。"

当我把茶放在桌子上的时候，终于明白了那个女孩为何会那么激动。

坐在那里的老大爷穿着黑色大衣和起了许多毛绒球的开司米毛衣，年龄大概六十五岁，看上去风度翩翩。不过，他似乎故意将存折摊开给我看。这就如同色狼拉开拉链，故意把下体露出给人看一般。

我想，如果我们看到了存折上的金额，那个略显孤独的老人或许就会找借口抱怨一番，然后制造一场冗长而棘手的纠纷。

实际上有很多人这样和女服务员产生了纠葛。你觉得在这个会员制的店里，客人只要花钱消费就是了，但是他们其中的一些人确实人格扭曲。有些人甚至认为在这里想干什么就可以干什么。

经常有些穿着高级服饰、拿着爱马仕包的贵妇团体，因为某种难以启齿的话题而兴奋激动，在最里面，被屏风遮住的座位上，一些客人甚至会把手伸进女伴的裙子里。虽然若无其事地去看过几次，他们也有所收敛，但是我很清楚，即便是这样时尚美丽、令人惬意的环境，也无法对他们的内心产生任何影响。我虽然不是那种捏起拳头隐忍怒气的不知人情世故的毛头小孩，但是看到笑盈盈地互相说着"在这里喝喝茶真是舒心啊"，或是因为儿子在这家企业上班而成为这个咖啡馆的会员，总是穿着一身朴素的衣服一个人慢慢品尝咖啡的中年妇女的时候，我才感受到一种实实在在的幸福。

……总之，我努力转移目光不去看那个存折。但是，当我蹲下身往茶杯里倒第一杯茶的时候，他却将摊开的存折拉到我的面前。我侧目盯着茶壶尽量不把茶水洒出来，背对着他。当我倒完茶，轻松地抬起头的时候，他突然将存折放到茶壶和我之间。这就像漫画一样夸张离奇，我故意紧闭双眼，鞠了躬后准备离去。刹那间，他将存折拿到我的面前摊开。

我大吃一惊。他却咯咯咯地笑着。一张可爱的笑脸。据我的判断，他并不想制造事端然后大倒苦水，他仅仅是想看看我的反应。

"既然你这么想让我看，那就拿给我看看。"

我一边这么说着，一边定定地看着那个存折。零确实多得数都数不清。

"我已经知道你有很多钱了，小心被偷哦，还是赶紧收好吧。"

说完我就微笑着转身离开了。

你的胆子可真大啊，回到吧台后那个同事女孩这么说道。

母亲希望我一周三次在家做家务，不过我都跑到父亲的料理店去帮忙端盘子了。那是一家位于赤坂某多用途大楼内的小店，只有熟客来吃饭，所以再兼职这份工作也并不觉得辛苦。因为没有整套固定的料理，只是父亲将当天新鲜、便宜的食材随意地做成料理，所以不接受预约。可能是这个原因，很少有趾高气扬的客人来到这里。那些趾高气扬的客人似乎是一定要预约席位的，他们大概很讨厌白跑一趟吧。父亲的店里有许多普通的顾客，稍稍喜欢逞能的年轻人，以及平时趾高气扬，突然来到这里吃饭却发现座位已满又不得不回去的腿脚灵便的人。这一点我很喜欢。

父亲的工作得到了别人的尊敬，对于一个人而言，这就是最大的幸福了吧。有时为了给上司占位子，我会早早地来到店里，发现父亲必定会给那些繁忙的大叔倒一杯温热的茶水，之后会细心留意茶水有没有喝完、交谈是不是过多。对任何人都毫无差别地提供周到的服务，这样的父亲让我由衷地感到自豪。

刚到三十岁的我，总是店里年纪最小的。我从小就被灌输做料理是一件非常辛苦的事，我却觉得没那么辛苦。莫如说可以学到很多东西，整个过程也很快乐。

我虽然是那种将衣服散乱地脱在一边，还用脚将遥控器拖过来的典型现代孩子，但是我并没有经历过一边打开薯条包装袋一边喝罐装啤酒的青春时光。即便孤独一人，即便觉得麻烦，我也会做点小菜，将现成的食物盛到器皿里，并把啤酒倒进玻璃杯后再喝。在进修料理的世界里相遇相知的父母所生下的我，这些事都是理所应当的。我也不觉得这是什么坏事。

能够吃到可口的菜肴是一件非常令人愉快的事。我虽然是从小吃父亲做的菜长大的，但是在店里即便做一道小菜，父亲给人的感觉也与家中的迥然不同。白天在会员制的咖啡店里挣钱，学习将茶或咖啡倒进高级器皿的方法，当年龄比父亲大的母亲感到劳累的时候，就让她在家里休息，直到父亲拿不动菜刀前，每天晚上我都来父亲的店里帮忙，并借机广泛学习。这就是我不可动摇的人生计划。我虽然没能力进修日料，但是我觉得我可以成为一家饮品店的老板。即便是在遥远的未来也行，我希望自己能开一家可以拿出简单的小菜、端出一瓶好酒的小店。如果可以，我期望能和自己的伴侣一起经营这家小店。

但是由于生活太过繁忙，每到周末我都会蒙头熟睡，即便有恋人，也无法抽出时间和恋人悠然自得地交往，然后不知何时就自然分手了。虽然我交往过很多人，但最后都是短暂的来往而已。

那一天，当我来到店里时，父亲说："你一天到晚在店里都干些什么啊？"

"在这里？今天我才刚来，昨天和你一起回家了呀。"我说。

"不是，是你白天上班的店。"

"没干什么呀。"

准备料理食材的时候，我的脑海里突然浮现出那个"存折老大爷"的脸庞。

"店主通过齐藤先生联系我了。"父亲说。

齐藤先生是这里的常客，正是他把我介绍到白天工作的那个店里的。我有一种不祥的预感。莫非那个存折老大爷就是一次都没来过店里的店主？

不久料理店里就挤满了顾客，由于太过繁忙，我们也就没再提这个话题了。

第二天，由于店主叫我，所以我迅速完成自己的工作，换好私服，来到最里面的"密谈之席"，那个老大爷果然坐在那里。品质高端的羽绒服里依然穿着那件旧开司米毛衣。

端茶水过来的那个同事女孩的脸庞上分明写着"你好可怜啊，惹店主生气要被开除了，对不起，都怪我劝你去看存折……"，虽然她并没有说出来。我点点头微笑着示意"没关系"。

"我也要煎茶，谢谢。"我说。

她露出一副抱歉的表情转身走开。

"之前不知道您就是店长，失礼了。"我说。

据说这个人把工作委托给自己的儿子后，就草草退休了。他的妻子作为这家大企业的合伙人之一，曾提议说："要是有一个封闭沙龙式的、职员的家人也能安宁享受的场所就好了。"于是按照她的设想开了这家咖啡店，场地借用了自家大楼的空间，赚得的利润捐给公司，不过设计费和装潢费都是自费。听说他妻子给店内的构造和装修提了很多建议。

"没关系，之前都没来过是我的错。"

认真端详一番后，我觉得老大爷的皮肤光滑，看上去还挺年轻的。

"我老伴是三年前去世的，我们唯一的儿子当时已经离开家组建了自己的家庭，所以我一个人搬到一间小房子里，那里离这里有些远。在弥留之际，老伴很期待这家店的开张，她说能够每天来这家小店就是她最大的梦想。这里的东西原来全部是我们家的东西，像那个茶柜、这个茶器之类的。最终在小店开业前，她离世了。茶具放在店里有时会被打碎，确实让人心疼，不过自己死的时候这些也带不走。而且像这样的东西，家里仓库还有很多很多。所以我想慢慢地都把它们拿到店里来。"

他断断续续地说了这些话。

"我对古董也不怎么了解，不过我觉得在这里就像在某个亲近的人的家里一样舒心，工作起来也很快乐。"我说。

不管之后会怎么样，反正暂且试着展示自己的干劲。

这么高雅的人为什么非要给别人看自己的存折呢？人啊，真是深不可测。

此时，同事端来了煎茶，我第一次以顾客的身份在这里喝茶，感觉这茶特别清香。我想是这微微碰触嘴唇的茶杯让茶的清香更加显著吧。

"之前不能来这里，内心觉得很落寞。"

"那么今后请您经常光临。"

虽然觉得自己会被开除，不过我还是保持着盈盈微笑。

"今天我们就开始约会可好？"老大爷说。

无论这个人的存折上数字后面有多少个零，如果他的年龄比我父母大很多，我想我也会拒绝他做我男友的。

"不跟你约会就要开除我？"

这句话确实涌上了我的喉头。就在我脱口而出的一瞬间，我的咽喉制止了它。是啊，我转念一想，即便这句话具有正当性，但是它所潜伏的庸俗性就和说出"跟你约会你给我多少钱"别无二致。这样的话不应该对这个踏踏实实积累人生阅历而老伴却先一步离世的老大爷说，即便他有着向别人炫耀自己存折的傲慢一面。

我的身体时常会产生这样的反应。自然而然滑到喉头的话语，终究还是压了回去。事后认真想想，我才明白自己这样做的理由。

于是，我说："之后我还要工作。您愿意去我爸的店坐坐吗？不需要预约，有很多空位，我可以让您坐在柜台边的圆椅上，然后给您端上最可口的料理。"

老大爷一瞬间目瞪口呆。这也很正常啊，迄今为止他肯定去过很多高级料理店，如果毫不介意地跟着我这个来路不明的女服务员，去她父母开的小店吃饭，那自己不成了傻瓜吗？

但是，老大爷决定跟着我去了。

听说他姓新庄。当我和他一起走进店里的时候，父亲先是大吃一惊，然后一瞬间摆出一副"我真想勒死你"的表情看着我，不过服务顾客的商人精神最终让他恢复过来。果然，店里一个顾客也没有，所以我们可以坐在最好的位置上，悠然自得地喝啤酒。尽情享受了美食后，新庄先生高高兴兴地准备回去。在赤坂杂乱无章的小路上，他坐上出租车向我挥手的时候，我不禁想，啊，太好了，又增加了一位顾客，这下我就不会被开除了。

其实，那个时候我正在面对另一个有些棘手的问题。

附近有个上小学的小男孩，为了以后能升入音乐大学，现在在学习长笛，他说，晚上让我听他吹长笛，所以经常过来玩。

所以此类稍显麻烦的事，从他上小学一二年级开始就偶有发生。我本来也很喜欢长笛的音色，所以只要时间不长，我还是很乐意让他到家里来的。另外，我小时候学过钢琴，母亲直到现在偶尔也会弹弹钢琴，所以家里有间房放着一架钢琴。这间房是隔音的，无论他半夜怎么大声地吹长笛都无所谓。

他的父母从应试的角度看，也只能任由他这么做。他曾说讨厌自己的老师，想在高中入学前出国留学。听听周围邻居对他的评价，大家都说他是个可造之材，将来必有所成，虽然不至于成为名闻世界的大演奏家，但以他的才能至少可以成为一位专业的演奏家。

我只能认为他可能比较反感周围人带有功利性的眼光去看待一个小学生的才能，所以偶尔想换换心情，就到我这里来了。这种煞有介事地为了将来考虑而干某事的做法确实不禁让人心生怀疑。他想吹长笛的时候，就让他来家里吹，对此我毫无异议。

那晚我已经累得筋疲力竭，给已经变得僵硬的肩膀敷上湿布后，隐约听到窗外传来一声类似暗号的长笛声。我披上外套拉开窗帘瞧瞧，那个孩子，泰造君正站在朦胧夜色中，手中的长笛反射着柔光。我穿过庭院，打开门让他进来。

他的五官明明精致可爱，但是和巷子里那些干净整洁的孩子比，确实相当土气。不过，他专心致志地将自己的人生都投入到长笛的练习中，这又是他可敬可爱的地方。我经常对他说，你早点去留学吧，也要学着把自己打扮得时尚帅气些。如果你去维也纳，我也可以顺便过去旅行游玩，另外还可以参观欧洲的料理店。

"请把钢琴室借给我。"

泰造君用生硬的口吻说道。

作为晚酌的背景音乐，我正想听听长笛，所以就跟他一起去钢琴室了。我的父母凌晨两点必定会睡觉。之后我们家就成我这个夜猫子的天下了。无论带谁进来，只要不被发现都没关系，不过现在每日繁忙，能够带进来的仅仅是小学生而已。

泰造君也有些睡意渐浓，长笛的声音已经变得浑浊模糊。但是，我却一边咯吱咯吱地吃着下酒菜韩国海苔，一边啜饮着酒。在我醉醺醺想要入睡的时候，他的长笛开始发出一种优美澄澈、凝聚庄重的乐音。此后会发生各种各样的事，他吹出的乐音也会随之发生改变吧，我不禁这样想。但是，他所特有的那种"希望被别人喜爱"的感觉，那种毫无谄媚之姿的音乐风格是永远都不会发生变化的。

"啊，我要睡了，你自己想吹多久就吹多久吧。"已逼近瞌睡临界点的我说道。

"没有听众就太无聊了。"泰造君说。

"那你明天再吹吧，我已经撑不住了。"

我温和地说后，就离开了这间房，向我的寝室走去。

泰造君极不情愿地收起长笛。每当他收起长笛前，都会仔细地擦拭它，他用温柔的姿势将长笛轻轻收起。这种感觉就如同父亲触摸香橙和芋头一般。我很喜欢静静地看着这样的场景。

"再见。"我一边说着，一边打开阳台的门。此时，泰造君紧紧地抱住了我。不知为何，最近我总觉得可能要发生这一类的事。

"将来嫁给我吧。"他说。

"你其实是想说'跟我做爱吧'，明明小鸡鸡还挺不起来，阴毛也还没长齐。"我说。

他才十二岁。

"应该没问题。"

他说后，将我扑倒在地板上。

他还是个小学生啊，怎么看也像漫画一般出人意料。

"十年之后我会考虑考虑，但是现在不行。"

说完，我像小时候那样抱紧他的头。他的头发散发出一股恍若枯草的馥郁。

"知道了。"

他说完，摆出一副很不高兴的表情，不过他也抱住我的头，还轻轻地抚摸我的头发。明明年龄还小却已经成为一个男子汉了，这样想着，我不禁微微怦然心动。他的裤子拉链处依然挺起，不过他头也不回地走了。好可怜啊，我心想。允许他和我上床，努力试着做做爱或许很简单，但是后果太沉重了。之后他要周游世界，要变得时尚帅气，为了能够去爱慕许许多多的女孩子，他需要保存大量的精力。而这样的精力是这副贴着湿布的肩膀所担负不起的。

此后，新庄先生每天都会过来。

有人说，我每天都让他过来玩，是不是有什么企图。那个同事女孩事不关己地怂恿道："快跟他结婚，继承遗产啊。"不过转念一想，如果他一直活到九十岁那该怎么办呢。我笑着说，那我就去他家做保姆，一起生活一起玩，薪水还很高。

这天夜晚，寒风刺骨。

昨夜父亲大发雷霆，所以今天我的心情十分低落。埋头于各种杂事的时候，没有留意到盛在碗里的什锦饭已经变冷，就这样马虎地把饭端给了客人，客人很不高兴地对我说："饭已经凉了。"我偶尔会犯这样的低级错误。早上母亲对我说："你已经有些累了，今天我去店里，你就休息吧。"明明处于更年期的她身体状况更差，却让我休息。

我绝非嫉妒，不过，母亲和父亲的面容相似，酝酿出的气质也非常接近。只要他们两个人在店里，我工作时就会产生一种难以置信的协调感，以及一种优美婉转的旋律感。即便他们之间发生了不愉快，这种旋律感依然在店里静静地流淌着，从未发生过改变。目睹这一切，我不禁觉得这里似乎没有我的容身之所。每当体会到这一点，我的内心就会萌生一种焦虑的情绪：我渴望拥有只属于自己的世界，我期望拥有只属于自己的伴侣。

与往日不同，这天晚上新庄先生没有来到店里，直到快要打烊了他才来喝了杯茶。当我从小店的后门出去的时候，他正等在那里，看到我，他说："一起回去吧。"

他伸出胳膊挽起我的胳膊。这是一种比父亲、爷爷还让人怀念的感觉。

我深深地感受到：对于我而言，泰造君终究是我所想象的成年男性的替代物而已，而追求我的新庄先生，只是因为再也无法向去世的妻子传达无可挽回的深厚感情，就把这种感情转移到了我的身上。

想象一下父亲如果失去了母亲会怎么样，就很容易能理解这种感情。新庄先生肯定是想通过投入到我这个年龄的年轻女性的怀抱，来逃避现实吧。

这样想想，我的心情又忽然变得快乐起来。

新庄先生住的房子，真的是非常狭小。

虽然庭院很宽敞，但是房间就像杂物室一样狭窄。房子的旁边还真有一间杂物室。新庄先生首先领我参观了这间杂物室。应该是没什么价值连城的东西，不过这间杂物室没有灰尘，也没有腐臭的味道，里面肯定珍藏着许许多多肉眼看不到的宝物。他的妻子曾充满爱意地管理这间杂物室，此时此刻似乎能窥看到她那温柔和煦的双手和肩膀。

房间里异常阒寂。虽然并不肮脏，但是里里外外都给人一种荒凉幽暗的感觉。待在这里，人的内心不禁会产生沮丧之情。

一只猫咪在屋里走来走去。

"我也不知道自己为什么要和这毛茸茸的小生物生活在一起，不过只要叫它的名字它就会过来，我们俩互相喜欢，还真是不可思议啊。"

在新庄先生说这些话的时候，我发觉这个房子里弥漫着一种将要喷薄而出的孤独感。这时我才知道，他在自己经营的咖啡馆里花尽心思地把存折里的金额给年轻的女孩看，就是为了悄无声息地打发这种无可奈何的孤独感吧。

窗户玻璃已经破损，日本酒的一升装空瓶在厨房里扔得到处都是。洗涤槽里还放着几个喝过日本酒的杯子。未曾修剪过的庭院树木过于茂密，以致遮盖住了窗户玻璃。每当清风拂来，就会发出沙沙咔咔的可怕而寂寞的声音。有一则故事说，思念死去的母亲的灰椋鸟幼鸟，每当听到一种声音就会想到"妈妈回来了"。这种声音恐怕就是此时我所听到的声音吧，它正在我的胸中痛苦地回荡着。

我陪他晚酌几杯，简单地做了些芡汁乌冬面，他美美地吃了碗，还多喝了几杯酒。我一边做着乌冬面一边喝着酒，最后完全喝醉了。

"你把衣服脱掉只让我看看就行了。"

在他再三央求下，我把自己的衣服全部脱掉，而且，还和他睡了。和一个比我父母年龄还大的老大爷睡了。即便都是年龄相仿的老大爷，但是，他却取得了巨大的成功。此后这样的交往也是可以继续下去的。我计划之后结婚，我说。他却说："只要今夜睡在一起就足够了。"

对于我刚才说的话置若罔闻。

"我现在的状况恐怕明天就死去也不为怪，我不想耽误你的未来。偶尔到你父亲的店里吃点东西，在我的店里看到你，再像这样能约会个一两次就足够了。我可不想再丢老脸。"

这应该就是他的真心话，我想。你可以感受到他对于死亡的渴望，这种渴望如同蠢蠢欲动的欲望，如同渴求可以操控的人生。新庄先生说，他既不想陷在年轻女性的怀抱中肮脏地死去，也不愿意干干净净地死去，但是如果能像这样，即便是谎言一场，他也会感到高兴。所以说他并不是一个依赖别人的傻瓜。

准备回去的时候，新庄先生为我叫了出租车。还没到家我就下了车。

一下车，忽然刮来一阵北风，我拉紧了大衣。男人身体的热量依然温暖着我的双脚和脖子。

这样的人生，到底是怎么一回事啊，我心想。

此时，父母应该是身处于充溢着活力的料理小店吧。莫非我有强烈的恋父情结？虽然我想从心理学上给出一个简单的解释，但是我知道自己的这种想法是错误的。陷入这种状态，我自己也是有责任的。虽然我总是被认真考虑结婚的同龄男性甩掉，不过我坚信肯定还有适合我的人。喜欢成熟男性？只因为自己不检点？不，不是这样的……我一边思索着这些事，一边向前走着。肯定是有什么东西发生了无可抗拒的偏转。

我来到新年首日经常参拜的神社前，然后步履蹒跚地走入昏暗的神域内。被树影遮蔽的红色鸟居后，延伸着一条旧石阶道，石阶上布满苔藓。我沿着光滑的石阶向上走去，一直走到正殿。

正殿的里面一片漆黑，什么也看不清楚。正殿屋檐的影子棱角分明，在清风中轻轻地摇曳着。

我投入香钱，冻僵的双手合十拉了一下铃铛色泽华美的绳索，于是在幽暗之中，铃铛发出了响亮悦耳的声音。二拜礼、二拍手、再拜礼之后，我开始祈祷。

"小孩、老头都不需要，请赐给我一个年龄正合适的伴侣，即便前路漫漫，我也不会放弃。"

抬起头，看到树枝晦暗的影子间群星闪烁。

因为附近没有光源干扰，所以那些星星显得更加明亮。

深入思考下去自己会陷入困惑之中，所以我决定放弃思索。已经向神明祈祷，传达了自己的心愿，之后的事就全部交给神明吧。我一边这么想着，一边走下石阶，匆匆踏上回家之路。

后　记

自从和文艺春秋社的平尾隆宏先生相识开始，他就一直极富热忱地策划着这本书的出版，现在正式付梓，不禁令人感慨万千。

森正明先生的殷切鼓励，平尾先生的严苛督促……就是在这样的蜜糖和大棒的督催下才诞生了这本书。现在（2000 年 4 月），虽然有大棒的催促，但是我觉得这其中的几篇短篇小说是我的作品中写得最好的。

由衷地感谢默默给予本书帮助的所有人。

也非常荣幸，我一直敬仰的合田信代女士能为本书画插图。再次感谢。对于阅读此书的读者们，我也想致以由衷的感谢。我会继续努力的。

吉本芭娜娜

文库本后记

我一直想写一本这样的短篇小说集（或是用寓言式的笔触描述，或是一气呵成给人一种行云流水的速度感，或是描摹一群异样感性的人们），初次尝试的这部短篇小说集里蕴含着浓浓的回忆。

因为是第一次出短篇小说集，现在读来觉得有不少不太恰当的地方，但同时也有很多自己喜欢的地方。因为是在我人生最艰难的时刻创作出的，所以这是一本令人难以忘怀、让人无限怜爱的书。

我从小一只眼睛就看不清楚，所以童年是在内向自闭的性格中靠阅读漫画书度过的，不过这个过程中我也学会了许多东西。

可能是由于经常不运动身体，也可能是生来懒惰，我的头脑虽然得到了充足的发育，但是身体却每况愈下。

上入学的时候，我的身体状况就像个老年人一样糟糕。

那个时候，自己形体姿态的不正、大小便的状态、摄取水分的方式、头脑燥热、双脚冰冷等身体状态的恶化，连自己都感到惊愕。当然，我经常酗酒加班，时常逼自己干一些自己不喜欢干的事，还穿高跟鞋、化纤衣服，最后身体竟到了麻木无感的地步。

果然，我病倒了。现在虽然体力得到了一定的恢复，不过有时不知不觉间还是会病倒，明明没感到悲伤却泪流不止，身体大致就是这样的状况。或许这就是身体的大罢工吧。

之后，我首先改变了自己的饮食习惯和生活方式，穿上舒适的鞋子，不给已经外翻的拇指增加负担，并且经常散步，减少饮酒，减轻压力，自己的身体自己好好呵护着。于是，我的皮肤变得光滑，眼皮的频频跳动也得到了改善，虽然还有些脱发。尽管前路漫漫，但是先这么努力着吧。即便遭到别人的嫌弃，我也不会介意。

这种大改造的结果是，当我步入三十八岁后，我的身体竟然比大学时要健康得多。

我的身体本来就虚弱，虽然不能说现在非常健康，但是在这样一点一点的努力下，我的状况姑且可以称之为健康了。身体并非我们的自造之物，而是来源于父母，所以我觉得我们不能将它以一种污浊的形态归还给上天，而应该恰如其分地使用它，毫不怠慢地维持它的健康和谐。

在大改造的过程中，我体悟到身体与我们有着一种简单的关系，这并非是宗教性的玄理。如果顺应身体和本能，那么一切都不会紊乱出错。一旦错失身体的本性，那么就会误入歧途，导致无可挽回的错误。为了把这一点展现给大家，所以才写了这本书。

创作了这本短篇小说集后，在编辑校正的过程中，我和文艺春秋社的平尾隆宏先生、森正明先生和大久保明子女士一起度过了一段美好的时光。我也与我非常喜欢的合田信代女士首次合作，另外还有一直温柔地跟随着我，给予我这个疲惫者默默支持的秘书入野庆子小姐，正是由于他们的无私关怀，我自己也渐渐得到了治愈。

如果这本充盈着这些美妙回忆的小书能给读者朋友带来些许的温馨时光，我将不胜欣喜。

2002 年秋

吉本芭娜娜

图书在版编目(CIP)数据

身体全知道/(日)吉本芭娜娜著;彭少君译.
—上海:上海译文出版社,2017.10
ISBN 978 - 7 - 5327 - 7588 - 0

Ⅰ.①身… Ⅱ.①吉… ②彭… Ⅲ.①短篇小说—
小说集—日本—现代 Ⅳ.①I313.45

中国版本图书馆 CIP 数据核字(2017)第 175167 号

Karada wa Zenbu Shitteiru by Banana YOSHIMOTO
Copyright © 2000 by Banana Yoshimoto
Japanese original edition published by Bungeishunju Ltd.
Simplified Chinese translation rights arranged with Banana Yoshimoto
through ZIPANGO, S. L.

图字:09 - 2015 - 344 号

身体全知道
[日]吉本芭娜娜 / 著 彭少君 / 译
责任编辑 / 姚东敏 装帧设计 / 任凌云

上海世纪出版股份有限公司
译文出版社出版
网址:www.yiwen.com.cn
上海世纪出版股份有限公司发行中心发行
200001 上海福建中路 193 号 www.ewen.co
昆山市亭林印刷责任有限公司印刷

开本 890×1240 1/32 印张 5.25 插页 2 字数 62,000
2017 年 10 月第 1 版 2017 年 10 月第 1 次印刷
印数:0,001—6,000 册

ISBN 978 - 7 - 5327 - 7588 - 0/I · 4646
定价:36.00 元